战火中的茉莉花

有令峻 著

山东城市出版传媒集团·济南出版社

图书在版编目（CIP）数据

战火中的茉莉花 / 有令峻著. — 济南：济南出版社, 2023.4
ISBN 978-7-5488-5610-8

Ⅰ.①战… Ⅱ.①有… Ⅲ.①纪实文学—中国—当代 Ⅳ.①I25

中国国家版本馆CIP数据核字（2023）第064369号

出 版 人	田俊林
选题策划	朱孔宝
责任编辑	刘秋娜　穆舰云
封面设计	胡大伟

战火中的茉莉花　　有令峻 著

出版发行	济南出版社
地　　址	山东省济南市二环南路1号（250002）
发行电话	（0531）67817923　82924885
	86131701　86018273
经　　销	各地新华书店
印　　刷	山东省东营市新华印刷厂
版　　次	2023年4月第1版第1次印刷
成品尺寸	165 mm×230 mm　16开
印　　张	6.5
字　　数	60千
定　　价	29.00元

（济南版图书，如有印装质量问题，请与印刷厂联系调换）

目 录

幸福人生

新的抉择 | 003

歌声嘹亮 | 010

年少往事

苦难的童年 | 019

参军启蒙 | 025

峥嵘岁月

参军入伍　　｜　035

奔赴朝鲜　　｜　042

艰苦生活　　｜　050

前线救护　　｜　059

两次献血　　｜　064

救治敌军伤兵　｜　068

残酷的战场　　｜　070

战争间隙　　｜　079

战场负伤　　｜　086

转院上海　　｜　094

回到家乡　　｜　098

幸福人生

  我叫寿楠珍,今年已经89岁了。此时的我看着电视上,志愿军医务人员在战场上紧急抢救伤员的情景,恍惚间,我仿佛回到了70多年前从朝鲜战场负伤回国,进入上海第二军医大学附属医院治伤的日子。

新的抉择

1952年3月，春暖花开，上海的白玉兰压满枝头，一片洁白。

我能拄着拐杖走路之后，开始加紧恢复体力，每天坚持做康复训练。十六七岁的年纪，身体的恢复能力强，三个月以后，我的腰伤就基本痊愈了。我打听到我所属的第九兵团还没有回国，便找到医生，说自己要出院，要再回老部队，回朝鲜，回医疗所。

医生看看我，摇摇头说："不行，你的身体状况不允许你再去朝鲜了。"

我听后心里很着急，连忙解释："医生，我已经完全康复了，能走能跑，能吃能睡，一点儿问题都没有了。"

然而，医生很不客气地说："即使你感觉没问题，那也不行。我们必须对你负责，也是对我们的部队负责。"

我的眼泪在眼眶中打转，哽咽着说："医生，您可不能让我复员。

我才当了一年多的兵,刚满十七岁,还没有入党,请医院联系我的老部队,我申请到我的老单位华东军区总医院留守处去。"

医生看到我的态度坚决,很受触动:"复员这件事我说了不算,你耐心等几天,我们向上级反映一下情况。"

只过了两天,医生便把我叫了过去。他眉开眼笑地说:"寿楠珍,你是高一学生,有文化基础,又在战场上当了一年多的卫生员,经受了锻炼,学了不少战地救护的本领。咱们上海第二军医大学正在招生,你想不想去上学?将来当个军医,能为部队做更大的贡献。"

我一听能去上大学,而且还是部队的军医大学,内心兴奋不已,但想到自身的实际情况,又有隐隐的担忧,便说:"我只上了一个多月的高中就去当了兵,直接上大学,学习能跟得上吗?"

医生说:"你去试试看,跟不上就先去学文化知识,补好文化知识再继续上大学。"

我松了一口气,心想:虽然不能再回朝鲜战场,但能以其他方式继续为部队、为人民做贡献,也是很好的选择。

在上海第二军医大学附属医院,我做了人生中又一次郑重的选择,投入了我为之奋斗大半生的医护事业。很多年以后,我到上海出差时,还专门到医院门口去看一看。

而因为腰伤,我被评定为三等甲级伤残,从十七岁就成了伤残军人。至今七十年已经过去,我的腰仍时常疼痛。

进入上海第二军医大学后，我学的是护理专业。在朝鲜战场上，我参加过多次战地救护，有实战经验。因此，我对一些技术领会得比较快。这时，教官大多会让我上台讲解。学了理论知识后，学校组织我们到内科、外科、五官科、妇产科、传染科等科室实习，每个科室实习一个月。通过理论与实践相结合的学习方式，我对护理工作有了系统的认识，每每想到仍在战场上浴血奋战的战友，我学习的积极性又会提高一分。

我的同学中有参加过抗日战争、解放战争的老战士，但志愿军战士只有我一个。学校里召开大会时，常常安排我和这些老八路军、老新四军、老解放军战士坐在台下第一排的座位上，我感到非常光荣。

1953年7月27日，《朝鲜停战协定》签订，朝鲜战争宣告结束。消息传到我们学校，全校一片沸腾。大家抱在一起，又跳又喊，甚至还把军帽抛起来表达内心的喜悦。当我们全体起立，高唱《中华人民共和国国歌》《中国人民志愿军战歌》时，我的眼泪止不住流了下来。在两年零九个月的抗美援朝战争中，我们有十九万七千多名英雄儿女牺牲在了朝鲜战场上。为了祖国和人民，他们打败了武装到牙齿的对手，没有退后一步；他们用奉献和牺牲换来了祖国和民族的尊严。他们是"最可爱的人"。

我的学习生活安定下来，但我们医疗所的首长和战友身在何方，是否平安，我一无所知。后来经过多方打听，我打听到了医疗所所长蔡文生的地址，就给他写了一封信，向他询问战友们的情况，还汇报了我的学习状况。过了很长一段时间，我才收到他的回信。而信中的内容于我而言，无异于一个晴天霹雳。他在信中说，卫生班班长张强从朝鲜平安回国，复员回了老家江苏盐城。但是，女副班长王文英牺牲了，张胜美、王萍萍、王敏洁被炸弹炸死了，姬平被燃烧弹烧死了。我看着信，双手发抖，禁不住痛哭起来，泪水一滴一滴落在信纸上，浸透了信纸，模糊了字迹……

我们一起从南京市第一女子中学参军，又一起奔赴朝鲜战场的八个女同学，只回来了我一个。七个茉莉花般年轻的生命，永远地留在了朝鲜的土地上。

1954年9月，我从上海第二军医大学毕业后，被分配到驻在徐州的华东军区第十六医院（后改为八十八医院）内科当护士长。在那个年代，从大学毕业后，需要从基层做起，熟悉医院的护理医疗工作，先当护士长，之后才能当医生。

1955年9月，我被调到济南军区总医院内一科担任护士长。我有医护理论与实践的经验，便经常给护士们讲业务课，给病人们讲康复的方法、读报纸。这引起了在医院住院的济南军区司令部通讯部部长贾守仁的注意。贾守仁是四川人，曾当过朱德总司令的警卫员。一天，济南军区后勤部卫生部部长赖仲生来看望老战友贾守仁，对他说起准备成立济南军区卫生学校，要调一批技术人员当教师的计划。贾守仁略作思索，说："这里有个叫寿楠珍的护士，是从上海第二军医大学毕业的，口才不错，还是志愿军老兵，是个很合适的人选。"赖仲生听后，立刻联系医院的领导，安排与我见面，并询问了我的意愿。由此，我被调到了济南军区卫生学校。同时被调去的，也是一位在济南军区总医院当护士长的志愿军女战士。

担任济南军区卫生学校教官的寿楠珍

二十一岁就成为一名教官，我感到非常自豪，这更加坚定了我投身卫生事业的信心。从1955年到1969年，我在济南军区卫生学校做了十五年的教官，主要负责教护理专业，也教内科和传染科。这期间的1960年，我到江苏中医学院进修学习了一年，学习中医基础理论、临床诊断、中医针灸、推拿按摩等专业技术，并将这些技术传授给了学员。

在济南军区卫生学校，我三次被评为先进工作者，两次被评为教学标兵，还被评为"四会"教员①。我教的一千多名学员中，留在部队的绝大多数成了专家和师级干部，还有两位成了少将。

1963年6月，我到八十八医院检查卫生学校第五十七届学员的实习情况。即将下班时，医院的政治部主任前来找我，说有几个雕塑家正在筹备淮海战役纪念塔四周的浮雕设计工作，他们在食堂的时候看到了我，认为我的形象和气质很符合他们的要求，希望我能作为浮雕的模特。由此，我参与了他们的浮雕设计

淮海战役纪念塔上根据寿楠珍的形象制作的浮雕

工作。四十六年后的2009年，我的女婿去徐州出差时，看到了淮海战役纪念塔的浮雕，还拍了三张照片给我看，上面那个背红十字药箱的解放军女医生，跟我还挺像的。

1969年1月，济南军区卫生学校撤销，我被借调到济南军区毛泽东思想展览馆担任解说队队长，后来被调到济南军区装甲兵独立坦克二团卫生队担任军医。这期间，二营正在泰安大河附近

---

① "四会"教员指会讲、会做、会教、会做思想工作的优秀教员。

施工，我便负责二营官兵的疾病诊疗工作，同时给驻地的农民看病、针灸，还去泰山采集中草药。

1970年初，我和丈夫先后被调到独立坦克一团，我仍当军医。这年冬天，天气寒冷，部队组织野营拉练，我背上红十字药箱和背包，跟战士们一起坚持步行。野营拉练的最后几天，天降大雪，战士们不畏风雪，仍旧坚持步行前进，我和他们走了一百多公里才回到营房。

1971年2月，我和丈夫在济南军区装甲兵宣传队工作了半年左右。1977年5月，装甲兵部撤销，独立坦克一团划归第二十六军。我和丈夫也被调到了第二十六军。在第二十六军，我两次被评为军先进工作者，一次被评为济南军区先进工作者。

1986年，我和丈夫进入干休所。在这里，我除了担任卫生室的义务"所医"，还是家属委员会主任和由五十五名女共产党员组成的党支部的支部书记。平时，我负责老干部及其家属的疾病治疗，也帮助调解家庭纠纷，参与处理老人去世的事情，日子过得平稳而充实。

歌声嘹亮

  我从小嗓子好,喜欢唱歌。在朝鲜战场上,我曾多次为伤病员演唱歌曲,鼓舞士气。我负伤回国,在上海第二军医大学附属医院治疗的时候,抗美援朝战争正处于节节胜利的阶段。我看到志愿军不断取得胜利的消息,常常感到很振奋,便忍不住哼几句歌表达内心的喜悦。病房里的战友发现了我会唱歌,说:"小寿,给我们唱首抗美援朝的歌吧!"于是,我给大家唱《慰问志愿军小唱》《中国人民志愿军战歌》《战斗在朝鲜多荣耀》。我一唱,引得别的病房的病友也来听。激昂的歌声在病房中回荡,大家仿佛又回到了军号嘹亮、炮火连天的抗美援朝战场。

  到八十八医院工作以后,有一天,我跟着李干事的风琴伴奏演唱《桂花开放幸福来》。李干事听到我能唱到升C,惊喜地说:"你能唱很高的音调,以后你就唱美声吧。"那时,我还不太懂美声唱法。后来，我跟着广播、唱片上的美声名家学了发声的方法，平常也注意加强练习，就基本掌握了美声唱法。

从1954年起，我经常被抽调参加文艺会演和巡回演出，光是那首《桂花开放幸福来》就唱了好多年。由此，大家开玩笑地称呼我为"桂花香"。

因为唱歌这项文艺爱好，我还获得了爱情。1956年在济南军区文艺会演期间，我遇到了我后来的丈夫，他是一位参加过解放战争、抗美援朝战争的军人。共同的爱好和目标让我们走到了一起，1957年8月，我们结了婚。1959年，作为济南军区后勤部

寿楠珍和丈夫

宣传队的成员，我和丈夫同时参加了全军文艺会演。在这次会演中，我再次演唱了《桂花开放幸福来》，还获得了一等奖。

我的演唱，引起了济南军区文工团领导的注意，他们想把我调到军区文工团，前来询问我的意见。我和丈夫商议了一下，最后还是谢绝了。我不想放弃已从事了近十年的医务工作，也舍不得脱下这身每天穿着的军装。

虽然没有成为专业的文工团演员，但我把唱歌这一项爱好坚持了下来，让其成为我生活和生命的重要组成部分。

1970年初，我所在的独立坦克一团组建了一个小型宣传队。宣传队一共排练了十二个节目，我参加了八个。1971年，在济南军区装甲兵宣传队时，我参加了战士歌舞《泰山劲松》和京剧《沙

寿楠珍和干休所战友演唱歌曲

家浜》的演出。

干休所每年都组织所里的老干部演出大合唱、小合唱、舞蹈等节目，一般由我担任领唱或独唱。在空余时间里，我还自编自导自演了许多新节目，或在所里联欢时演出，或与地方单位进行联谊演出。2003年7月，在纪念抗美援朝战争胜利五十周年时，我想起那个炮火弥漫的战场，彻夜难眠，创作了反映志愿军炊事班英雄事迹的快板剧《炊事班和无烟灶》，并组织老干部演唱《中国人民志愿军战歌》《布谷鸟》等歌曲。

文艺演出不仅能鼓舞士气，还能起到良好的宣传作用，能够为国家、为部队贡献力量，我就心满意足了。

快板剧：炊事班和无烟灶

打竹板，走得欢，

说一说志愿军的炊事班。

常言道，谁人三餐不吃饭，

谁家灶火不冒烟。

51（1951）年在朝鲜，美军飞机闹得欢。

低空飞，山沟钻，

发现目标就投弹。

炊事班做饭就冒烟，

有时遭空袭，有时挨炸弹。

部队开饭不及时，

战士常吃夹生饭。

怎么办，怎么办？

班长急得直冒汗。

召开班务会，大伙把计献：

小张说，敌机来了用雨衣盖；

小李说，泼水熄火灭了烟；

小王说，捡好柴，柴禾干，

火苗旺了不冒烟。

老班长摇摇头，

这些想法不全面。

咱们能不能搞个无烟灶，

彻底解决做饭难。

你试验，我试验，

大家围着锅台转。

哎，听人说，破草屋能散烟，

咱们挖个散烟灶，

顺着山坡往上攀。

中间开上几个岔，

盖上松枝毛好散烟。

无烟灶，成功了，
美军飞机傻了眼。
低低飞，细细看，
不见目标不见烟。
难道他们喝冷水？
难道他们不吃饭？
开着飞机胡乱窜。
无烟灶，不简单，
前线生活大改善。
炊事班，真辛苦，
抓紧时间做豆腐。
炊事班，干得好，
战士洗了热水澡。
汽油桶，灶上坐，
又卫生，又暖和，
扑通一声水里坐，
战士心里乐呵呵。
炊事班，干得好，
气死美国佬，
气死美国佬！

年少往事

我的祖籍是浙江绍兴,1934年农历八月二十八(10月6日)出生在南京。在我的童年和少年时代,我经历了日本帝国主义及其伪政权和国民党反动派统治时期颠沛流离的苦难岁月。我见证了中华人民共和国成立的艰苦历程,亲身接触过解放军战士,这对我后来参军入伍、成为一名志愿军卫生员有很大影响。

苦难的童年

1935年，我们全家随父亲从南京迁往重庆，后来又迁往西安。父亲在当时的禁烟督查处西安办事处当职员，负责抓捕贩毒和吸毒的人员。在西安，我一岁多的弟弟因出麻疹引起肺炎，不幸早夭了。

1938年初，父亲被调到禁烟处的宝鸡分理处，后被提拔为科长。父亲的收入比较高，家里经济条件尚可。但这时，日军经常派飞机来宝鸡轰炸。我们每个人的左胸前都别着一个黄色的标牌，这是可以进防空洞避难的标识。1938年6月的一天，日军飞机又来轰炸，我的二舅当场被炸死。当时二舅母才二十三四岁，两人刚结婚不久，二舅死了以后，二舅母便离开了，之后再没有音信。大舅后来去了重庆，至今下落不明。

我们全家还未从悲痛中走出，更大的噩耗就到来了。父亲刚被提拔为科长三个月,突然患伤寒病去世了。他那年只有四十多岁,正值壮年。他染病去世,是令人始料未及的。而对我的家庭来说,这简直是毁灭性的。

父亲去世后,母亲在宝鸡举目无亲,她和大姨便带上我和大哥、二哥返回西安,找到了父亲生前所在单位。在父亲生前同事的关照下,我们全家租住在了钟鼓楼一带的一个旧院子里。这时,家中有一些积蓄,还有父亲的一笔抚恤金,母亲便让我和大哥、二哥去读书。

1941年10月,正是抗日战争最艰难的阶段。我们在西安无依无靠,百般思虑之后,母亲决定带我们回南京。她把这个想法告诉了父亲生前所在单位,单位派了勤务兵老朱护送我们一家。

走了半个多月,我们来到安徽六安。本以为这里离南京比较近,很快就可以到达,但因当时战事紧张,无法进入南京。1942年的春节,我们是在六安度过的。

我们住的地方,连门也没有。母亲担心晚上睡着了有歹徒来抢劫和行凶,让店主用芦苇、木条绑了个简易的门。屋里没有炉子,天气很冷,我的手背上长了冻疮,裂了口子,母亲用丝绵烧成灰加上冰片、麻油给我治疗。

又过了一段时间,我们终于踏上了回南京的路途。

南京于1937年12月失陷,在侵华日军华中派遣军司令松井石根和第六师团长谷寿夫的指挥下，日军于南京及附近地区实施了长达六周有组织、有计划、有预谋的大屠杀和奸淫、放火、抢劫等血腥暴行。三十万平民及战俘被日军杀害，无数家庭支离破碎。这段历史是我们不能忘记的。

1942年3月，我们到达浦口，分两批乘船渡过长江，到达南京，再次回到原先租住的房子。

我们家住的两间旧房子位于县衙最后面的一个大杂院。大杂院里住了二十多户人家，都是普通市民。外面是秦淮河，船上有卖糯米甜酒的，买者用一根竹竿挑着竹篮，篮子里放上钱，挑过去给卖酒的，卖酒的收了钱，把盛满了酒的一只碗放在篮子里，买主再把篮子挑回来。船主也有卖茉莉花的。我们几个小女孩，也是把零钱放在篮子里，用一根竹竿挑过去给卖花的。茉莉花别在衣服上或插在头发、小辫上是很好看的。小女孩嘛，都爱美的。

安顿下来之后，虽然家中贫困，但母亲坚持送我们兄妹二个去了颜料坊小学。为了供我们读书，母亲吃了很多苦。她帮人家带小孩子、做针线活、缝被子，用来补贴家用。而我也跟母亲学会了绣枕头、鞋面、门帘，还去捡菜叶，装钢笔帽，糊火柴盒，织毛衣、毛背心、毛袜子、毛手套，打草垫子，给家里挣点儿钱。这就是京剧《红灯记》中李玉和唱的"穷人的孩子早当家"吧。

我三岁多时，就能把《茉莉花》（原名《鲜花调》）咿咿呀呀地唱下来。上了小学，老师见我嗓子挺好，多次让我在班上或学校组织的联欢会上演唱。

《茉莉花》的歌词是这样的：

> 好一朵茉莉花，
>
> 好一朵茉莉花，
>
> 满园花开，香也香不过它。
>
> 我有心采一朵戴，
>
> 又怕看花的人儿骂。
>
> 好一朵茉莉花，
>
> 好一朵茉莉花，
>
> 茉莉花开，雪也白不过它。
>
> 我有心采一朵戴，
>
> 又怕旁人笑话。
>
> 好一朵茉莉花，
>
> 好一朵茉莉花，
>
> 满园花开，比也比不过它。
>
> 我有心采一朵戴，
>
> 又怕来年不发芽。

由于生活比较艰辛，我没有吃过肉、鱼和点心，没有穿过新衣服和花裙子，更没有玩具。家中用不起电，点的是灯草豆油灯。我看到街上的商店里摆着煎好的鱼、南京的特产桂花鸭、各式各样的点心盒子，看到女同学穿得花花绿绿的，心里十分羡慕。我的家庭，在南京就是生活在社会最底层的市民家庭了。

然而，那时我们不仅生活困难，还要遭受侵略者的欺压和剥削，这令我们的生活雪上加霜。

政府有关部门规定，我们每周只能买一次米。购买时不仅限量，而且质量很差，卖米的黑心老板在米中掺了沙子和稗子。买米途中还常常看到中华门的城门处站着拿枪的日本兵，市民通过城门，要向他们鞠躬。

日军在南京横行霸道，胡作非为。他们背着三八枪在街上耀武扬威；他们的三轮摩托车上架着机枪，从街上嘟嘟地开过去，撞了人也不管。鬼子小队长喝了酒，到市民家中，市民还得小心翼翼地给他沏上茶，伺候他喝茶醒酒，他离开时还得给他送上一些钱或香烟。

一个国家被外国人占领了，老百姓没有尊严，生命财产安全也没有保障。只有国家独立了，人民才能理直气壮地当国家的主人。

1945年9月9日上午9时，中国陆军总司令何应钦在南京陆军总部大礼堂主持受降仪式。日军中国派遣军总司令冈村宁次在日本投降书上签字，向中国政府投降。

虽然日军投降了，但在国民党反动派的统治下，老百姓的日子仍不好过。最典型的是钱币贬值，物价飞涨。大米一天能涨三次价，拎一袋子纸币出去买不回一袋子米。奸商趁机囤积居奇，大发横财。于是，大学生们带头，多次举行"反饥饿、反内战"的请愿活动。

中国共产党领导的人民军队，开始了雷霆万钧、风卷残云的解放战争。

参军启蒙

1948年9月12日至1949年1月31日，中国人民解放军同国民党军队进行了战略决战，包括辽沈战役、淮海战役、平津战役，历时一百四十二天，共争取起义、投诚、接受和平改编与歼灭国民党正规军一百四十四个师，非正规军二十九个师，合计一百五十四万余人。国民党赖以维持其反动统治的主要军事力量基本上被消灭。三大战役的胜利，奠定了解放战争在全国胜利的基础。

1949年4月1日，南京中央大学、金陵大学等十余所大专院校的学生和部分教职员工六千余人举行大游行，要求国民党政府接受中国共产党的八项和平条件。游行结束后，回校学生遭到预先埋伏的国民党暴徒的围殴，重伤者有二三十人之多，同之前的伤者加在一起，大约有二百人，其中三人后来因伤势较重而去世，酿成震惊全国的"四一"惨案。这是国民党反动派制造的又一起学运惨案。

惨案引发了南京更大规模的全民抗议示威活动。工人罢工、学生罢课、商人罢市，有几千人甚至上万人聚集在总统府门前，以及总统府周边的大街上。我们小学生也去了，大家高喊着口号："反饥饿、反内战！""严惩杀害学生的凶手！"总统府门前及周边站了许多拿枪的士兵，还有骑在马上手持马刀的卫队队员、手持高压水枪的警察。这回，他们不敢殴打示威的学生和市民了。

在人民解放军解放南京之前，我对解放军并不了解。不只是不了解，而且听到的都是国民党政府的反动宣传。

1949年4月21日早，轰轰隆隆的炮声响起来了，解放军百万大军横渡长江，开始攻打南京。

这时，我们从窗口看到，有一些狼狈不堪的国民党败兵跑到院子里来，向居民讨要便衣。他们把枪、刺刀、子弹袋、手榴弹扔在地上，或扔到河里，换上便衣，像老鼠一样匆匆地逃跑了。

4月23日，南京解放。解放军进城后，社会安定多了。一天早上，我和同学去上学时，听到不远处传来了一阵有节奏的歌声，一个女同学叫了声："解放军！"我看到从街那边走来了排成两列纵队的军人，他们穿着黄军装，打着绑腿，背着枪，迈着整齐的步伐，边走边大声地唱着歌。我是第一次听到那首歌，没听清歌词是什么。我当了兵之后，学唱《三大纪律八项注意》时，想起当时那一队解放军唱的就是这首歌。

我既好奇，又惊喜，这是我第一次见到解放军。我根本没想到，一年多之后的1950年10月，我也成了这支威武雄壮的队伍中的一名战士。

后来，我们上学放学时，又看到解放军在清扫大街，清理国民党军在大街上修工事时留下的木栅栏、铁丝网、水泥块、木料、装了土的麻袋，还有打坏了的汽车。他们还光着脚，挽着裤腿，挖出水沟中的烂泥，并帮市民背粮食，抬东西，搀扶老人。

这期间，老师也给我们讲了解放军的战斗事迹，说他们坐着木船，用木板划船，攻占了长江对岸，牺牲了许多人；还说一队解放军冲进总统府，爬上了大门顶端，扯下了国民党的青天白日旗，换上了鲜艳的红旗。

再后来，我读到了毛泽东主席写的那首气势磅礴的诗《七律·人民解放军占领南京》：

钟山风雨起苍黄，
百万雄师过大江。
虎踞龙盘今胜昔，

天翻地覆慨而慷。

宜将剩勇追穷寇,

不可沽名学霸王。

天若有情天亦老,

人间正道是沧桑。

用这首诗谱了曲子的歌,后来我唱过好多次。

这时候,南方、西北很多地方还没有解放,解放军的大部队正在分兵进军,风卷残云,横扫鬼魅,去解放更多的地方,准备建立一个崭新的中国。

一天晚上,广场上举行了一场纪念"四一"惨案遇难者的演出。最后一个节目是解放军文工团的几十个穿一身白衣的男女战士打腰鼓,以示哀悼。那腰鼓打得又整齐,花样又多。只听那鼓声咚咚作响,把全场震得一片沉静。大家还是第一次看这么悲壮的演出。腰鼓表演刚一结束,全场观众就叫着好鼓起掌来。后来,我也学会了打腰鼓。进入干休所后,我组织成立了腰鼓队,教队员们打。我们的腰鼓队,在当地小有名气。

1949年8月,我所在的南京市第一女子中学请了解放军三〇六团的石团长前来演讲。石团长穿了一身黄军装,胸牌上印着"中国人民解放军",扎了一条皮带,打着绑腿,十分有精气神。

他走上土台子，给师生们敬了一个标准的军礼。他说："老师们，同学们，我们中国人民解放军是从红军、八路军、新四军成长发展起来的，是从八一南昌起义、秋收起义，从井冈山、长征路上走过来的工农武装，是中国共产党领导的人民军队，是人民的子弟兵。解放军纪律严明，对人民群众不只秋毫无犯，还要用生命和鲜血来保卫。我们打下了南京，就是要把南京还给南京的老百姓。我们绝对不允许帝国主义再来欺负我们，更不会再出现南京大屠杀那样的惨剧，也不会再出现反动势力欺压老百姓的事情。老师们，同学们，不要相信国民党特务的反动宣传。过去，敌人说我们红头发、绿眼睛，抢劫杀人，是强盗，你们看看，我是红头发、绿眼睛吗？"

石团长摘下军帽，露出短短的头发。师生们都笑了。

石团长戴上军帽，又说："现在，我们的各路大军，正在向南方的广东、福建进军！向大西南、大西北进军！下一步，我们要建立一个新中国，让全中国的老百姓，都过上和平、安定、幸福的生活！"

师生们对石团长的讲话报以热烈的掌声。

石团长又说："同学们，你们都是十五六岁、十七八岁的年龄，就像我们南方的茉莉花一样。希望你们努力学习文化知识，学习革命道理，以后考上大学，成为建设新中国的栋梁之才！打天下靠我们这些拿枪杆子的人，建设祖国要靠你们有文化的人！"

师生们都很振奋，一位年轻的老师带领我们喊："向英雄的解放军致敬！""中国共产党万岁！"

石团长的这次演讲，对我的触动很大，我的心中，树立起了一个英勇的解放军战士的形象。

学校里还开展了多项拥护解放军的活动，比如唱革命歌曲、朗诵革命诗词，宣讲红军、八路军、新四军、解放军、共产党员的英雄事迹。我参加了学校组织的人口普查活动，被评为校模，还获得了一枚奖章。有一次，学校组织了一场庆祝南京解放的联欢会，我上台唱了《解放区的天是明朗的天》：

解放区的天是明朗的天，

解放区的人民好喜欢。

民主政府爱人民呀，

共产党的恩情说不完呀，

呀呼嗨嗨依个呀嗨！

呀呼嗨呼嗨，呀呼嗨，

嗨嗨呀呼嗨嗨依个呀嗨！

学校增加了政治课，对学生进行进步思想的教育。我的同桌比较早地加入了中国新民主主义青年团，在她的影响下，我也写了入团申请书，并于 1950 年 8 月加入青年团。新团员的名单被贴在学校的布告栏中，二哥听说我入团了，也着急起来，努力向共青团靠拢。

1950 年 9 月，大哥考上设在济南的白求恩医科大学（后改为山东医学院），成为一名大学生，为母亲减轻了一些经济负担。

中华人民共和国成立后，母亲不再担惊受怕，精神好了很多，但她仍去做一些零活，供我们吃饭、穿衣和上学。政府向我们发放了大米和油，家中晚上亮起了电灯，我们晚上做作业，再也不用挤在那盏小豆油灯下面了。我们的生活越来越好了，扬眉吐气、当家做主的日子到来了。

峥嵘岁月

2021年"七一"前夕,干休所领导要给我们这些在党50年以上的老战士颁发"光荣在党50周年"纪念章。我们精心打扮了一番,来到了干休所会议室。我们几位志愿军老兵还把2020年10月国家颁发的"中国人民志愿军抗美援朝出国作战70周年纪念章"也戴上了。当干休所领导把"光荣在党50周年"纪念章颁发给我们的时候,我的心情是很激动的。抗美援朝战场上的一幕一幕,又不断地浮现在了我的眼前。

参军入伍

1950年9月,我考入南京市第一女子中学高中部。

这时,我还没有确定人生目标,只是想好好读书,三年后考个好大学,为母亲减轻经济负担。但是,高中只上了一个月,一件突如其来的事情,改变了我的人生轨迹。

10月的一天早上,我刚走进校门,一个女同学就急忙迎了上来:"寿楠珍,我等你都等急了!"

"什么事,这么着急?"

"解放军来咱们学校招女兵了,我想去当兵,你去不去?"

"当兵?当什么兵?"

"听说是卫生兵。"

我稍作考虑,说:"看看去!"

我们两人来到校办公室门口,看到里面坐着几名解放军,还有十几个正在报名的同学。

当时参军不需要政审和体检，只需在报名后填一张登记表。带兵的官兵还会询问一下报名人的情况，问家长同意不同意、家中兄妹几个等问题。听说，有的同学因为家长不同意，没有报名成功。

最后，高二和高三年级分别选了三个女学生，高一年级选了包括我在内的两个女学生，一共八个人。至今，我仍清清楚楚地记得另外七个女同学的姓名：姬平、李文英、张胜美、王萍萍、王敏洁、陆正莹、吴玉梅。我是八人里面年龄最小的，而且个子最矮，最瘦。

参军报名被批准，要不要回家告诉母亲呢？我很犹豫。母亲只有我一个女儿，她肯定是不舍得我走的。虽然当时全国绝大部分地区都解放了，当了兵也不一定会去打仗，但母亲还是不会同意的。

我狠了狠心，从作业本上撕下一张纸条，在上面写了几行字：妈妈，我当兵去了。您不用找我，到了部队我再给您写信，您多保重身体。大哥、二哥，你们照顾好妈妈。

我把那张纸条交给一个女同学，让她下午放学后送到我家中。做完这些事情，我便和七个应征入伍的女同学，跟着带兵的官兵出发了。

带兵的官兵和我们八人乘着一辆美式嘎斯大卡车，前往南京华东军区总医院。这是国民党原中央医院，有很多留英、留美的，具备高等学历的专家在这里工作。

我所在的医疗队是个营级单位，由医院后勤部管理，共八十多人，其中医生四十多人，护士、卫生员、炊事员、警卫人员等四十多人。医疗队队长叫蔡文生，28岁，是江苏盐城人。我们八个女学生分到了卫生班。班长叫张强，20岁；副班长王文英是名女兵，19岁；还有一名男兵，21岁。他们只有20岁左右，却都参加过解放战争，能在恶劣的战场环境下从容地救治伤病员，独当一面了。

到了班里，张强对我们说："欢迎新战友的到来！你们来了，给我们部队、我们医疗队增加了新生力量。大家都是革命同志，以后我们就要在一起生活、学习、工作了。希望你们努力学习，尽快掌握医疗技术，成为一名合格的卫生战士、革命战士。你们都是知识分子，有空也教一教我们文化知识。同志们要互相关心、互相爱护、互相学习、互相帮助。我已经当了好几年兵了，不久就会复员，以后就是你们接我的班了。"

张强还对我们说："当兵就要做好吃苦耐劳、艰苦奋斗的准备，做好流血牺牲的准备。革命战士流血不流泪，你们女孩子，碰上困难，不要哭鼻子。听见了没有？"

我们齐声说:"听见了!"

部队给我们发了崭新的单军装、单军帽、解放鞋、棉袄棉裤、黑布棉鞋,发了白布衬衣、短裤、被子、床单,还有挎包、水壶、缸子等。我个子不高,本应穿三号军装,因为尺码不全,负责发放军装的战士就给我发了二号的,结果尺码大了很多。为了行动方便,我把裤脚的一部分折起来,用线缝住。

穿上了解放军军装,扎上了皮带,戴着有红色五角星帽徽的军帽和印着"中国人民解放军九兵团华东军区总医院医疗队"的胸牌,从高中生转变为解放军战士,我们感觉很神气、很光荣。我们的胸牌后面写着本人的姓名、年龄、血型。老战士告诉我们,写上血型是为了方便医务人员及时了解情况,因为假如在战场上受伤,来不及现场检验血型。后来,我们穿65式军装时,姓名、血型写在了领章后面。

队里要求我们必须把辫子剪掉,一律留短发。我虽很不舍得剪掉留了好几年的辫子,但既然成了一名军人,就要服从纪律听指挥,我狠了狠心,把长发剪掉了。

整理完仪容仪表,队里便安排我们学习救护技术。卫生员主要学习战地救护四大技术:止血、包扎、固定、运输。比如三角巾、额头带如何包扎,打针、输液技术,怎么搬运、搀扶伤员……这时学到的救护技术,在若干年以后,依然可以用得上。

负责教学的医生、护士，都是参加过抗日战争、解放战争的老医务工作者。他们年龄不大，但都是从战火纷飞的战场上走下来的，是年轻的老革命，战场救护的经验很丰富，救护技术很高。张强、王文英，还有那名男卫生员，在枪林弹雨中出生入死，抢救了很多伤员。他们毫无保留地把这些经验和做法传授给我们，帮助我们快速地成长为合格的卫生员。

我们也在张强、王文英和其他老战士的指导下，学习用枪，趴在地上练习瞄准。练了十几天，乘上卡车，到郊外打了一次靶，大家都打得不错。张强性格温和，从来没跟我们发过脾气。我们做得不对的地方，他都会耐心地给我们讲解指正。我们请他讲一讲自己的英雄事迹，他常常笑着说："我的事不值得一提，战斗连队牺牲了那么多人，他们才是真正的英雄呢！"

部队还组织我们集体学习《纪念白求恩》。《纪念白求恩》是毛泽东在1939年12月21日为纪念白求恩写的悼念文章。文章概述了加拿大共产党员、医生白求恩来华帮助中国人民进行抗日战争的经历，表达了对白求恩逝世的深切悼念，高度赞扬了他的国际主义精神、毫不利己专门利人的精神和对技术精益求精的精神。首长要求我们要做一个白求恩式的医务工作者。我从医这七十多年，也一直是这样要求自己的。

这时，解放军许多部队正集结在东南沿海，准备解放台湾。

医院领导也要求我们做好奔赴前线、参加解放台湾的战地救护准备。我们私下议论：解放台湾的时候，我们是不是也要跟随攻岛部队坐船去台湾？一旦战斗开始，肯定有伤员，那我们也需要跟着战斗部队救护伤员了。

一名女卫生员说："台湾岛上有那么多热带水果，椰子、香蕉、荔枝、菠萝、芒果，咱们可得好好尝尝了！"

另一名女卫生员开玩笑说："馋猫！"

这名女卫生员反驳她："你不馋？你是馋狗！"

我们一起哈哈大笑。

一名会游泳的女卫生员说："听说台湾的日月潭很大很深，去了台湾以后，我要去游个痛快！"

还有一名女卫生员说："台湾有黎族、高山族，咱们去了，借她们女孩子的服饰，穿上照个相，上面再写上：纪念人民解放军解放台湾。"

……

彼时的我们都是十七八岁的年龄，还有很多天真烂漫的想法，大家你一言我一语，很是快乐。

我们的生活，比在家里时好多了。米饭、馒头随便吃，有肉、鸡蛋、鱼、青菜，周末桌上还会多两个菜。当兵前我没吃过鱼，当了兵第一次吃鱼，因不会吐刺，加上边吃边说话，被鱼刺卡了嗓子，最后还是一名战友用镊子把鱼刺夹了出来。我连连说自己没出息。

江南的河湖很多，鱼虾、螃蟹、螺蛳也很多。本来南方人是很喜欢吃鱼的，但家里太困难了，母亲舍不得买鱼。

这时候基本不打仗了，但军队的任务是保卫祖国。养兵千日、用兵一时，尽管国家那时候一穷二白，但还是尽量让官兵们吃饱吃好。

没想到，这个养兵千日、用兵一时的日子，在我当兵的第二个月就突然到来了。

奔赴朝鲜

11月的一天,队长、教导员下令,让我们紧急到医疗队门前集合。

蔡队长看到我们集合完毕,喊了一声"立正",神色严肃地说:"同志们,上级命令我们立即出发,去执行重要的特殊任务。同志们除了携带医疗器械,其他的东西,如书籍、衣物,一概轻装。另外,我宣布一条纪律:从现在起,任何人不准请假外出,家在南京的同志也不准回家,不准给家里写信。听明白了吗?"

"明白了!"我们一起大声回答。

听到队长说得这么严肃,我想,大概是让我们去福建前线,准备解放台湾了。

我们右肩左斜背着挎包和水壶,挎包里面装着饭碗茶缸、牙刷牙膏、毛巾,腰间扎一条皮带。身后背着背包,背包后面插着一双布鞋。没有枪,也没有手榴弹。一名女卫生员悄悄地说,如果每人能配一支小手枪就更棒了。

只准备了两天,我们就出发了。先是乘上美式嘎斯卡车,来到了南京的下关,准备从这里乘船,去北岸的浦口。

码头上全是部队的官兵,都在等候渡江。那些野战部队的官兵,全部荷枪实弹、全副武装,还带着轻重机枪、迫击炮。他们静静地坐在那里,没有一个人说话。

我们乘上木船,由艄公划船去浦口。解放南京时,是解放军乘木船从北岸往南岸进攻,这回,是我们乘木船去北岸了。

解放台湾,应该是往南走,这往北走,是要去哪儿?我们都感到很疑惑。

一名女卫生员问我:"咱们是不是要去解放西藏①啊?可是去西藏,得往西南走,主要是往西。"

我冲她小声说:"军事秘密!"

我们下了船,从浦口乘上了绿皮火车。上车前,队长又宣布了一条纪律:上了车,不准大声说话,不准唱歌,也不准胡思乱想。

我们这些女卫生员没有人知道,我们要去抗美援朝。当时,我们的先头部队已经于1950年10月19日(平壤被"联合国军"占领的当天)秘密地入朝了。

---

① 西藏于1951年5月23日和平解放。

1950年6月25日，朝鲜人民军开始攻打南朝鲜。到8月20日，朝鲜人民军歼敌三万多人，占领了南朝鲜百分之九十的土地。

1950年9月15日，以美国为首的"联合国军"在美国远东军最高司令官麦克阿瑟的指挥下，从朝鲜仁川登陆，向朝鲜人民军进攻。在仁川登陆时，朝鲜人民军总兵力为七万多人，到9月28日，撤回"三八线"以北的朝鲜人民军不足三万人。在损失的兵员中，约一万人伤亡，一万两千多人被俘，成为游击队队员的约两万人，而且朝鲜人民军的重装备几乎全部丢失。

从1950年8月27日起，美军飞机多次轰炸中国安东（今丹东）、辑安（今集安）一带，给中国人民的生命财产造成重大损失，严重侵犯了中国的领空领土。

10月3日晚，南朝鲜军队越过"三八线"。

从1950年10月25日至11月5日，在朝鲜人民军的配合下，志愿军的先头部队对"联合国军"和南朝鲜军发起了第一次进攻战役，历时十天，将其从鸭绿江边驱逐到了清川江以南，挫败了"联合国军"企图在感恩节（11月23日）前占领全朝鲜的阴谋计划，初步稳定了朝鲜战局。第一次战役，志愿军共歼敌一万五千余人。

我们乘坐的火车，开了大概六天六夜。在车上，没有供我们休息的床铺，我们感到太累太困时，就躺到座位下面睡一觉，有时还爬到行李架上睡觉。

越往北走,温度越低。那时车上没有暖气,车厢的连接处还四处透风。我们上车时,虽穿着冬装,但作用不大,我们就用水壶装上热水暖手。条件虽然艰苦,但大家没有一句抱怨,既然成为一名军人,那就要肯吃苦、能吃苦。

沿途有部队和地方人员往车上送饭和热汤。我们吃了热饭,喝了热汤,身上会暖和一些。有的站台上,集结了很多背着枪和背包的战士。我们看到这样的情景,也感到有准备打仗的气氛了,而且是要打大仗。

一名女卫生员小声说:"是不是日本帝国主义死灰复燃,又来打我们的东三省了?"

几名女卫生员瞪着眼,几乎同声地说:"他敢!"

另一名女卫生员说:"这可不是1931年了!①"

火车在安东停了下来。到达的时间是晚上,我们下车后,又乘上卡车,去了临时营房,集合在场地上。一位首长对我们说:"欢迎医疗队的同志们!现在,我告诉大家,你们到这里来是准备去朝鲜参加抗美援朝的!"

"抗美援朝?"

"对,抗美援朝,保家卫国!1950年9月15日,以美军为

---

①1931年9月18日,九一八事变爆发,日本帝国主义在沈阳开始了侵华战争,即抗日战争爆发。

首的'联合国军'从仁川登陆,之后占领了平壤,把战火烧到了鸭绿江边。中央军委决定,组成中国人民志愿军开赴朝鲜,坚决把'联合国军'赶出朝鲜!我们的前方部队已经打了第一次战役,把'联合国军'打回清川江去了!但由于敌我双方武器装备悬殊,他们又有空中优势,再加上气候寒冷,我方伤亡很大,战斗减员很多。你们医疗队对救治伤病员非常重要!请同志们尽快做好准备,这几天尽快入朝。"

这时,我们才知道,来东北是执行这样一个天大的任务。我们虽是刚入伍一个多月的新战士,但没有一个人感到害怕。卫生员们互相挥挥拳头,用坚定自信的眼神说:"好啊!刚入伍就有仗打啦!我们坚决完成祖国和人民交给的这个光荣任务!"

安东这时的天气已是零下二十多摄氏度了。从比较暖和的南方一下子来到冰天雪地的北方,我们这些小姑娘一时承受不了,都被冻得瑟瑟发抖。部队立刻给我们发了一顶深绿色的栽绒棉帽、一件黄布棉大衣,还有装了炒面的干粮袋。

面对即将到来的战斗,大家士气很高,纷纷写决心书,用针管从自己的静脉血管中抽出血来写血书,没有入团的写入团申请书,团员写入党申请书,都表示要在抗美援朝的战场上,为了祖国和人民,不怕流血和牺牲,做好到战场上救护伤病员的准备。

我们听到附近部队的战士在唱《中国人民志愿军战歌》,因为我歌唱得好，教导员便让我去学一学，回来教医疗队的人员唱。我教了几遍，大家就学会了。在严寒的天气里，激昂澎湃的歌声不时传出……

雄赳赳，气昂昂，

跨过鸭绿江。

保和平，卫祖国，

就是保家乡。

中国好儿女，

齐心团结紧，

抗美援朝，

打败美帝野心狼！

我和几个女同学战友相约，去街上照了张相，那是我当志愿军照的唯一的照片。回到营房，领导指示我们把胸前的"中国人民解放军"胸牌拆下来，换上"中国人民志愿军"的胸牌。医疗队也改为医疗所。

医疗所下达规定，因安东这一带敌特很多，平时没有重要的事情不准上街。如果确实需要上街，要向领导请假，二至三人一起去。所长特别要求：女护士、女卫生员一般不允许上街。我们知道，当前形势复杂，为了人身安全，我们要不折不扣地遵守部队的规定。

在入朝前的那些天里，我们接受了政治教育，大家在一起谈论最多的是到了朝鲜怎样不怕苦、不怕累、不怕难、不怕牺牲，做好医护工作。医疗所也抓紧时间对我们进行战场救护训练：头部、胳膊、手部、胸部、腹部、腿部、脚部的

寿楠珍在丹东入朝前拍摄的照片

包扎方法；怎样把不能行动的重伤员抬到担架上往后方转移；等等。张强特别叮嘱我们，如果是往山下抬，一定要用布带或绳子把伤员绑在担架上，防止上下坡时伤员掉下来；同时，注意在转移途中躲避敌人炮弹的轰炸。如果敌机俯冲下来，要用自己的身体护住伤员，绝对不能让伤员二次受伤。他特别强调，你们要记住，绝对不能让伤员二次受伤。

时至今日，那时的场景仍历历在目。他问我们："记住了吗？"我们坚定地说："记住了！"他说："给我重复一遍！"我们的眼神更加坚定："不能让伤员二次受伤！"

张强还要求我们练习背伤员，八个人分成四个组，两人一个

小组，四个小组再分成两个大组，每人背起一人快速行进，跑回来再交换背着跑，看看哪一组速度最快。我和一名女卫生员分在一个组，我又瘦又小，比较轻，她背我没有问题，但我背她就比较困难了。因此，张强转而要求我练习架着她走路。

在朝鲜战场上，美国鬼子的飞机很多，我们驻地上空经常有敌机盘旋。张强把我们带到营房外面的一片土坡上练习防空。他说："我先不教你们怎样防空，观察一下你们目前的应对方式。"他大喊了一声，"预备！敌机来了，防空"，还模仿飞机的轰鸣声。我们大多数人都是跳到沟里蹲下来，有的双手抱住了头，还有的趴在了地面上。他说："你们有的人做得马马虎虎，大多数人做得不对。"他接着向我们传授正确的方法："听到防空的哨声或枪声后，要立即找可以隐藏的地方，蹲下来，把背靠在土坡上或石壁上，眼睛看向天空。如果敌机离得比较远，那就不用管。如果敌机离得比较近，要注意观察它扔炸弹的方向。如果炸弹冲向自己，要立刻想办法躲避。如果手里有枪，可以冲它开枪。"

艰苦生活

在安东仅仅准备了一个星期，一天晚上，大概八点钟，我们背上行装，带上医疗器材，步行到达安东火车站，在那里乘上了黑色的闷罐车进入朝鲜。上车前，所长又严肃地宣布了几条纪律：上车后，不准说话，不准嬉笑打闹，不准咳嗽，不准打喷嚏，不准大小便。鸭绿江边特务很多，美军飞机天天来盘旋侦察，为了保密，也为了迷惑敌人，我们乘坐的车厢外面用白油漆写着"猪、牛、羊"。

这时鸭绿江大桥还没有被美军的飞机炸毁。火车开了一阵子，我们听到外面轰隆作响，猜测是驶上了鸭绿江大桥。大家都严格遵守部队纪律，在黑暗的车厢中，没有一个人说话，也没有一个人起来走动。警卫班的八名战士抱着枪坐在车厢门口。这八名战士身材高大魁梧，力气很大。平时他们不仅负责保卫医疗所，还负责背扛医疗设备、粮食、木材。所里没有汽车、马车，行军时笨重的物品都由他们背。

火车又开了几个小时，到一个火车站时停下了。这里就是朝鲜。我们跟着部队的侦察员，走了五个多小时，在傍晚时来到一座大山下面。这里没有房子，没有朝鲜老百姓，漫山遍野全是皑皑的白雪。

医疗所和后勤部的机关、宣传队住进了一个很大的铁矿矿洞里。只见洞顶上垂下来一根根透明的冰凌，因为气温低，有的冰凌能达到半米多长。临睡前，我们需要把这些冰凌敲掉，防止夜里掉下来砸到头上。

大家放下背包，把救护设备摆放好。这时陆续有几个病员被送来了，医生、护士立即开始了工作。因为这里不是前线，暂时还没有伤员，只有一些普通的病号。

气候寒冷，晚上睡觉是个大问题。我们担心感冒影响工作，睡觉时不敢脱下棉衣，便把小褥子铺在地上，盖上两个人的被子和大衣，两个人通腿儿。再戴上棉帽，把帽耳朵放下来，戴上口罩。第二天醒来时，口罩和眉毛上都结了冰。那时年轻，即使在这样艰苦的环境中，也还是能够睡着的。

女孩子都是爱美的，但到了这里，就顾不得爱美了。每天早上起床后，简单地洗个脸，梳梳头，便投入工作。早上水结了冰，没法洗脸，就不洗了。头发长了，互相帮忙剪去一段。那个冬天，我没洗过一次澡。到了春天天气暖和了，我们用一个大汽油桶烧了水，轮流去洗了澡。

因为用枪打飞机可能引来更多的飞机，开始时上级是严令禁止用枪打飞机的。敌机见我们没有高射炮，枪又不打它，就欺负我们，飞得很低。有时贴着树梢飞，战士们连敌军飞行员都看得很清楚。

炊事员因害怕生火冒烟暴露目标引来敌机轰炸，不敢生火做饭，我们没有热水喝，水壶里的水都结了冰，只好吃一口炒面，再吃一口雪，或喝点儿雪水。开始我们大多数人都胃疼或者肚子不舒服，过了几天身体似乎适应了，胃和肚子基本上不痛了。

过了一段时间，国内送来了木柴，还有干的黄花菜、海带，炊事班又用黄豆发了点儿豆芽，生活质量才有所改善。但我们没有吃过青菜，连大白菜、萝卜都没有。送来的海带泡不开，煮不熟，咬起来很硬，不好下口。但我们的生活条件已经算是很好的了，前线的战士连海带都吃不上。

又过了一些日子，炊事班发明了一种无烟灶。他们在锅头上挖了一条很长的沟，用草、树枝或石板盖上，烟从这条沟中冒出去，散开来，就消散了。

中华人民共和国中央人民政府于1950年11月7日将中国人民志愿军抗美援朝的消息公开。

第二次战役，从1950年11月7日到12月24日，历时四十天。这次战役，是志愿军在朝鲜人民军的配合下，将"联合国军"诱至志愿军的预定战场，对其突然发起的战役，共歼灭"联合国军"三万六千余人。其间，12月6日收复平壤。这场战役，收复了被"联合国军"占领的"三八线"以北的广大地区，迫使"联合国军"转入防御，扭转了整个朝鲜战局。

因国家不富裕，医疗用品缺乏，伤员用过的绷带、纱布，我们都拿到河边洗干净。洗好了的绷带、纱布带回来，放进炊事班的锅里煮，消好毒，留着后续使用。

当时，河面上结了厚厚的冰，我们便拿石头砸开一个洞，利用冰层下的河水冲洗绷带、纱布。河水寒冷刺骨，手常常被冻得青紫，失去知觉。绷带、纱布洗完后，脸盆又被冻在冰上拿不下来了。后来我们再去河边时，会在脸盆下面放两块石头，这样就解决了脸盆被冻住的问题。我们几名女卫生员的手背都裂了口子，长了冻疮，稍微一碰就钻心地疼，但大家没有一个抹冻疮膏的，药品都留给前方的战士们使用，他们比我们更需要。

这里的温度常常在零下三十多摄氏度，连队里有不少战士被冻伤，多数是手、脚、小腿被冻伤。张强告诉我们，冻伤的地方不能用火烤，一旦用火烤，冻伤的手指头、脚指头就掉下来了。他教我们用雪给战士们搓手脚，使冻伤的手脚逐渐恢复到体温，血液得以正常流动。

有一次，连队送来了一名小战士，大概十六七岁，是个通信员。这名小战士觉得穿棉鞋走路不舒服，便穿了一双单胶鞋，结果脚被冻伤了。两名女卫生员为他脱下鞋，一人捧着一只脚，用雪搓了很长时间，但小战士的脚仍没有恢复。一名女卫生员便解开棉衣的衣扣，把他的双脚放在怀里暖着，直到他的脚恢复知觉。那名小战士流着泪，不断地说："谢谢姐姐！谢谢姐姐！"说完，他又举起冻肿了的手，冲我们敬礼。

一个老炊事员说："你们这些南京的大小姐们，真了不起！"

我们说："大哥，我们当了解放军、志愿军，就不是大小姐啦！"

医务人员去外地执行任务回来，我们都会用雪给他们搓手搓脚，防止手脚被冻伤和坏死。

那时，国内有的奸商收了旧棉花，简单加工后，给志愿军当药棉。这些奸商是乘机发国难财，发战争财。旧棉花上有很多病菌，伤员使用后伤口就被感染了。还有的奸商生产用烂麻绳拧成的绳子，部队用这种绳子拉船或者抛了锚的汽车时，一拉就断了。国内执法部门调查了这些黑心的奸商，对他们进行了处罚。

天气暖和之后,我们的日子就好过一些了。国内运来了一些铺板、木杆子,我们把铺板放在木杆子上,上边铺上小褥子,这样晚上睡觉能舒适一些。只是,气温高了,矿洞顶部的冰融化了,总会往下滴水,我们还要把雨布的四个角用木棍撑起来挡水。

后来,部队开始挖坑道。坑道挖好之后,医疗所搬了进去,居住和工作环境好一些了。

到这个时候,我所在的部队还没有上前线,医疗所在这一带的主要任务是做好打大仗的准备,平时只是救治部队中的一般伤病员。

有一天,我看到警卫班的一名战士背着一支三八枪,便问:"大哥哥,这种枪跟我们在南京总医院打靶的那种枪,是一种打法吗?"他说:"不太一样。"我说:"那你教教我吧,上了战场用得着。"他教我"三点一线"瞄准,然后击发;再教我拉枪栓,退子弹壳,再推弹上膛。枪很沉,我举不起来。他告诉我,把枪架在土坡上,瞄准,击发。我很想用他的枪打一枪,但平时是不允许的。这名战士又教我扔手榴弹:先把手榴弹把上的盖子拧开,把拉环套在小手指头上,再往外扔,手榴弹扔出去,拉环就留在小手指头上了。那名战士看看我,说:"你年龄小,力气小,十五米也扔不了,真要打起仗来,你把手榴弹扔出去,要马上蹲到战壕里隐蔽,防止弹片崩回来炸到自己。"我想,我学会了打枪、扔手榴弹，上了战场一定要试一试。我一定要亲手打死、炸死几个敌人。

1950年12月31日17时，志愿军发动了第三次战役。

1951年1月1日，中朝军队在约二百公里的正面战线上发起全线进攻，突破了"三八线"地区敌之防御阵地，向南推进了约一百公里，歼敌一万九千余人。

1951年1月4日，志愿军三十九军侦察队的侦察兵进入汉城。三十九军一一六师三四八团副团长周问樵带领的先遣部队进入南朝鲜总统李承晚的公馆，中朝军队占领汉城。

第三次战役于1月8日结束。此次战役，粉碎了美国在联合国玩弄的"停战"阴谋，极大地提升了中国在国际上的影响力，有力地推动了全国人民抗美援朝、保家卫国运动的进一步发展。

2月的一天，在614高地阻击英军第二十七旅一个营的进攻战中，四十二军一二五师三七五团一连一排二班副班长、机枪手关崇贵，对敌机低空轰炸扫射忍无可忍，用轻机枪打下了一架向志愿军阵地俯冲轰炸的P-51型战斗机。关崇贵认为自己犯了纪律，正等着上级处分，但上级却授予了他"一级战斗英雄"称号，记特等功，还把他连升三级，提拔为副连长，并在志愿军各部队推广用轻武器击落敌机的经验。

4月11日，美国总统杜鲁门宣布了解除麦克阿瑟"联合国军"

总司令职务的命令，任命时任第八集团军司令官的李奇微任"联合国军"总司令。

第四次战役，从1951年1月25日到4月21日，历时八十七天。志愿军边打边撤退，一直退到了"三八线"以北，在运动战中度过了最艰难的时期。志愿军官兵用血肉之躯，顽强地迟滞了美军在空前规模的现代化杀伤武器掩护下的进攻，令美军的北进攻击平均每天以付出几百人的性命为代价才能前进1.3公里。

第四次战役中，在五六三团的阵地上，有一个排被美军孤立包围。这个排本来是被派去打坦克的，携带的子弹不多。战士们顽强地阻击敌人，因敌众我寡，最后大部分牺牲，仅剩的几名战士跳下了二十多米高的悬崖。三名战士活了下来，其中两名战士摔成重伤，往回爬时被发现抬了回来；另外一名战士因挂在悬崖的树上得以幸免。他在最后时刻都没有把枪扔掉，枪里还有三发子弹。他自己爬回了部队。

作家魏巍采访了三十八军的一支部队，报道了他们在松骨峰阻击美军的英雄事迹，写了一篇题为《谁是最可爱的人》的通讯，发表在1951年4月11日的《人民日报》上，在全国引起很大反响。于是，志愿军官兵被全国人民亲切地称为"最可爱的人"。志愿军战士的搪瓷缸子上都烤上了红字"最可爱的人"。

有一次，一名女卫生员问张强："班长，抗美援朝胜利后，你打算干什么？"

他说："咱们回国后，如果部队需要我们，比如说去解放台湾，那我就和你们一起去。咱们解放了台湾，一块儿吃一顿台湾海峡的大鱼、大螃蟹！如果部队让我复员，那我就回老家，建设新中国。"

一名女卫生员跟他开玩笑："班长，那你回家不给我们找个嫂子，成个家？"

卫生员们嘻嘻哈哈地笑了起来。

他红着脸说："得找呀，我妈还等着抱孙子呢！"

我们又是一阵子嘻嘻哈哈。

一名女卫生员说："班长，到时候，你可得请我们去喝喜酒！"

他说："一定！"

那时的我们还没有上前线，虽然心中知晓战争必然残酷，但还是低估了它的残酷程度。若干年后，每当我想起和战友们在一起的日日夜夜，想起他们大多牺牲在了战场上，再也没有机会看一看蒸蒸日上的新中国时，常常忍不住泪流满面。

前线救护

1951年4月，我们随大部队朝前线推进。为防敌机轰炸，我们选择白天在树林里隐蔽、晚上行军的方式，由朝鲜人民军战士和老乡带路，在公路一侧悄悄地前行。警卫班的八名战士背着枪和子弹、手榴弹，还背着医疗所的器材和物资；炊事班的战士背着行军锅、木柴和粮食。没有一个人有怨言，只听见他们沙沙的脚步声和呼哧呼哧的喘息声。走了三个晚上，我们抵达了前线。

这时候，我们没有空军，没有飞机，没有制空权。美军的飞机冲我们狂轰滥炸，我们毫无办法，只能尽量做好防空准备。医疗所领导还请战斗连队的战士为我们讲解防空知识。

敌人的装备很先进，有飞机大炮，枪和弹药也很充足。我们的战士，不少用的是缴获日本鬼子的三八大盖以及解放战争时期缴获的国民党军队的枪，弹药也不充足。敌人行军全部机械化，坐汽车前进，我们则全靠两条腿。敌人运输物资也全部机械化，我们只有少量汽车，许多时候要依靠马车和骡车。在抗美援朝战争中，敌我双方武器装备对比悬殊，但志愿军仍以劣势装备打败了完全现代化装备的以美国为首的"联合国军"，创造了以劣胜优、以弱胜强的经典战例，这与我们在战斗中形成的"一不怕苦、二不怕死"的高昂战斗精神有很大关系。

上前线后，战斗很频繁，每打一仗，都有二三十个伤员，多的时候有一百多个。卫生员和护士将轻伤员搀扶到战壕的隐蔽处，为他们包扎伤口；对于重伤员，先将他们抬到用树枝或三八枪绑成的担架上，再抬到坑道里，或送到二线、三线医疗队，由医生做手术。我个子小，背不动伤员，就把伤员半背在背上，一手扶着伤员，一手拄根木棍，一步步朝坑道里挪。

有时候，听到敌人的炮弹呼啸而来的声音，或敌机低空俯冲下来的声音，我们就把伤员按在地上，用自己的身体掩护他们。我们这样做的目的，也就是之前张强向我们强调的不要让伤员二次负伤。

参与前线救护的卫生员经常会被炸弹炸起来的石块砸伤。遇到这样的情况，为了保护伤员的安全，卫生员们并不会停下处理自己的伤口，而是继续往坑道里走。有一次，一名女卫生员被炸起来的石块砸破了脑袋，当她抬着担架进坑道时，头上全是血。

平时，为了坚持救护工作，也为了节约药品，我们生点儿小病，都不吃药。有时感冒了，发高烧，也咬着牙坚持，从来不吃药、不休息。实在烧得太厉害，就用凉毛巾捂住前额，或用凉水洗把脸。我依然记得，有一名女卫生员到连队巡诊时摔伤了腿，她仍一瘸一拐地在战壕里来回为战士们服务……

最初，没有发电机，也没有手电筒，医生在坑道里做手术时，常由两三个人举着煤油灯照明。几个月后，国内送来了手电筒，医生像对待宝贝一样，用起来很节省。医疗条件有限，没有化验仪器、显微镜等设备，更没有X光机，连输液也无法进行。医生做不了大手术，只能做一些取子弹头、取弹片、伤口缝合、固定骨折等简单的手术。

在一次战斗中，一名战士的肚皮被敌人的炮弹炸开了，肠子流了一地。我们没见过这么重的伤，一时很震惊。我和一名卫生员正要给他处理伤口，他却以惊人的毅力坐了起来，大声喊道："不要给我包扎！我要去杀敌人！"他把流到外面的肠子塞进肚子里，又从自己的挎包里取出一只搪瓷碗，扣在伤口上，大声喊道："给我包起来！扎住！"我们一时都愣住了，劝他说："你的伤很重啊！这样怎么能再去打仗呢？！"他仍大喊："快！拿绷带来！"我们急忙拿出绷带，把那只扣在他伤口上的搪瓷碗绑住。这名战士抓起身边的冲锋枪，又冲出了战壕。

这名战士没有再回来。战斗结束后，战友们在清理战场时，找到了身子下面全是血的他。他趴在地上，双手握枪，仍然保持朝敌人射击的姿势，就像一尊凝固的雕像。

在朝鲜战场上，像他这样的战士有很多。

有一天，我和其他卫生员又去战壕里救治伤员，战士们正趴在掩体内往外射击、扔手榴弹，阻击敌人。我看到地上放着一支三八枪，就上前拿起来，拉了一下枪栓，推弹上膛，趴到战壕边，准备往外打枪。旁边一名战士看见了，大声喊道："你打什么枪！趴下！"我说："我要打美国鬼子！"我探头看了看，七八十米处，有一群敌人正在往上冲，我瞄准他们，一扣扳机，就开了一枪。旁边那名战士又大声喊："注意隐蔽！别伸头！"我调整了自己的位置，又冲那群敌人开了一枪。过了一会儿，那群敌人离我们比较近了，战士们边打枪边往外扔手榴弹。我抓起身边的一颗手榴弹，拧开盖子，把拉环抠出来。因为我的小手指太小，我就把拉环套在了右手的无名指上，向外面扔去。谁知，我的无名指也不大，拉环没留在手指上，一块儿跟手榴弹扔出去了。

这时，张强跑过来，大声喊："寿楠珍！快去抢救伤员！"我连忙扔下枪，跟他跑过去了。

后来，我们参加了好多次打击敌人的战斗。我扔的手榴弹，拉环都留在了无名指上，一定爆炸了。

一次战斗结束之后，一位医生给一个伤员做手术，要取出一颗打进大腿里的子弹头。医生关切地对他说:"麻药的质量不太好,做手术时伤口会很痛。但手术是必须要做的,不把子弹头取出来,你的伤口要化脓,这条腿就保不住了。如果那样,你不但再也上不了战场,而且生活自理都很成问题。"

这名战士说:"医生,你做吧!我上战场,死都不怕,还怕伤口痛吗?"

为了防止这名战士在忍受疼痛时咬牙把舌头和嘴唇咬坏了,护士给他一块毛巾,让他咬在嘴里。在做手术时,这名战士的双手紧紧地抓住手术台两边,痛得浑身打颤,出了一身汗,但没有叫一句痛。

有的伤员面部受了伤,或者伤很重,喝水有困难,我们或把注射器吸上温水,轻轻地给他们注射到嘴里,或用小勺,一勺一勺地喂水。对于吃饭有困难的伤员,我们也是用小勺,一勺一勺地喂饭。对于咀嚼有困难的伤员,我们把炒面糊糊、大米稀饭或泡了水的馒头含在嘴里,口对口地喂给伤员。伤员们很受感动,他们不能说话,但顺着眼角流下来的泪水说明了一切。

伤员养好了伤,要重回部队,他们跟我们道谢,跟我们告别,向我们敬礼,看到这些,我们的心里很高兴、很欣慰。但也有不少伤员因伤势太重,加上医疗队的药品等条件有限,静静地牺牲了。在送别他们的时候,我们的心情是很沉重的。为了祖国和人民的安宁,他们牺牲在遥远的朝鲜,甚至连姓名也没有留下。

两次献血

1951年6月的一天晚上，我在坑道里值夜班，时间是从晚上十二点到第二天早上八点。凌晨一点多时，战士们抬着担架送来了几个重伤员，医生和护士立即为伤员做检查，采取救治措施。他们有的为伤员重新包扎伤口、上夹板；有的给伤员喂水、喂药、喂饭；有的用湿毛巾为伤员擦去脸上、胳膊上的血迹、泥土等污渍；有的帮助伤员脱下又脏又破的鞋子，为他洗脚。而作为值班卫生员，我在一旁迅速地做好病例记录。

医生检查到一名战士，见他失血过多，面色苍白，便说："得抓紧输血，不输血他就有生命危险了。"

护士撕开战士的胸章，看了看后面写着的血型，说："这名战士是A型血。"

当时医疗所没有血库，采了血也无法保存。伤员需要输血时，来不及找连队的战士，很多时候都需要医疗所的人员献血。

医生喊了声："谁是 A 型血？"

那些男医生、护理人员都不是。

我对医生说："我是 A 型血。"

医生看了看我，说："你还是个小姑娘！"

我把袖子撸上去，毫不犹豫地对医生说："抽我的吧！"

医生犹豫了一下，看了看眼前那名虚弱的战士，下了很大的决心，说："好吧！"

一个护士立即从我的胳膊上抽了二百毫升血，为那名重伤战士输上了。因为伤员数量多，我仍坚持记录伤员的情况，并和大家一起做救护工作。

由于及时输血，那名战士的身体状况有了明显的好转。医生看了看我，为难地说："按规定，献了血是要休息的，可你正在值班，伤员又不断地被送进来，看来是无法休息了。"

我看了看坐着、躺着的伤员，深知自己不能休息，而忙起来之后，也仿佛忘记了疲劳。

大约早晨五点多的时候，我才感到又困又累又饿。而这时还不断地有伤员被送进来。医生在检查一个重伤员的伤情时，发现他也需要输血，而他也是 A 型血。

我一听，再次坚定地对医生说："输我的！"

医生这次更为难了，说："可你三四个小时前刚献过血，又是个小姑娘啊！"

我说："医生，救人要紧！没事，我能坚持！"

医生又看了看我，长叹了一口气，说："好吧！"

就这样，我又给这名生命垂危的战士献了二百毫升血。

正常来说，第一次献血之后，要隔一个月才能再次献血。但当时救人要紧，来不及思考这些问题了。

又过了一阵子，我去观察那名输过血的战士，他躺在一张木板上，已经睡着了，脸色仍有些苍白。我拿起他的一只手，按着脉搏数了数，跳动是正常的，我的心里才放松了一些。

第二天，我照常在医疗所工作，也没出现头晕或晕倒的情况。

接受我献血的那两名战士，因为要做较大的手术，而我们医疗所没有条件，天未亮时，趁没有敌机，他们被转移到后方医院去了。

后来因为这件事，部队给我立了三等功。再后来，又因为我平时表现好，给我立了四等功。

几个女同学战友，都向我表示祝贺。我献了两次血，救了两名志愿军战友，心里也挺欣慰的。但比起那些在战场上冲锋陷阵，舍身炸碉堡、堵枪眼的英雄来，比起那么多牺牲了的烈士来，我还是微不足道的。

医疗所的工作人员，每位都给伤员们献过血，有的献了很多次。警卫班的战士更是献了很多次。他们常说，自己身强力壮，献点儿血怕什么，献了以后它还会再长呢，新长出来的更新鲜。那些大哥哥，真是令人钦佩。他们平时话不多，但工作起来，一个个像小老虎似的，不怕苦，不怕累，不怕死，浑身像是有使不完的劲儿。

救治敌军伤兵

我还参与救治了许多"联合国军"的伤兵。

这是我第一次见到黄头发、大鼻子、蓝眼睛的美国兵以及其他国家的雇佣兵,像印度兵、阿拉伯兵等。说心里话,"联合国军"打死、打伤了我们那么多战友,我们是不愿意救治他们的,况且志愿军的药品和医疗用品本身就很缺乏。医生们对此也很伤脑筋,但为了实行人道主义的宽待政策,我们还是对他们进行了认真的救治,挽救了不少重伤病战俘的生命。不少俘虏兵对我们用英语表示感谢,有的俘虏兵坐在病床上嬉皮笑脸地冲我们打飞吻,有的还伸出手跟我们握手。我们对他们也不客气,我学过英语,就对他们说:"你们老实点儿!你们在这里治好了伤,回去再敢打我们,就别想再回家了!"

俘虏兵在他们部队吃的是面包和罐头香肠,喝的是牛奶,在我们医疗所，炊事班做了玉米面窝窝头、地瓜、土豆给他们吃，他们不认识，就不吃。我们对他们说："我们吃的就是这样的饭。我们前线的官兵，这样的饭还吃不上呢！"他们饿了，也就吃了。

我们还对他们说："我们部队的战士一口炒面，一口雪，用三八枪，还有你们送给国民党军队的枪，收复了平壤，把你们赶回了'三八线'以南！我们一定会把你们全部赶出朝鲜的！"

我们部队的对敌工作人员在翻译的陪同下，也前来对俘虏兵讲我们的政策，讲美帝国主义侵略朝鲜的非正义行为，要他们不要再给美帝国主义与李承晚集团当炮灰了，继续当炮灰，只能是葬身异国。

有的俘虏兵治好伤，离开医疗所时表示：回去后不再上战场了，要装病回国。还有的表示：不上战场上司不会同意，要在战场磨洋工，不朝志愿军开枪，朝志愿军上方开枪。

相比之下，"联合国军"的战俘营就是另一个天地了。他们的管理者任意对被俘的战士殴打、侮辱、虐待，不给饭吃，不给水喝，更不给治疗伤病。有许多战士被他们折磨死了。

残酷的战场

我们女卫生员私下在一起悄悄地议论：在战场上，或外出执行任务时，一旦碰上特殊情况，被敌人包围了，坚决不当俘虏。一是用手榴弹跟敌人同归于尽，二是跳悬崖、跳河、跳汽车。听说，兄弟部队的女卫生员就有拉响手榴弹跟敌人同归于尽的。有一名女卫生员捡了块炮弹皮，悄悄地磨了把刀子，装在挎包里。她说，如果碰上敌人，我先刺死一个，然后再自杀。

好在我们一直没有碰上与敌人短兵相接的情况。警卫班的战士们平时机警地保护着我们，一旦有敌军威胁到我们时，立刻掩护我们转移。有一次，在外出执行任务时，一名女卫生员扭伤了脚腕，走路很困难，警卫班的一名战士把她背起来，一直背到了医疗所驻地。我们称呼他们为"白衣战士的保护神"。

一天，我们在路上行军时，听到山坡上响起了枪声，还伴随着哨子响声。我们知道这是防空警报。所长和张强大声喊道:"敌机来了,防空,快!"又喊:"大家不要慌!"我们立刻跑到路边的沟里躲避,把背靠在沟壁上,警惕地看着天上。只过了一分多钟,便听见天空中传来了飞机的轰鸣声,接着不远处传来了炸弹的爆炸声。张强说:"敌机下蛋(投弹)了!"过了一会儿,轰鸣声远去后,才听到哨子响声,这是警报解除的信号。我们回到公路上,往前走了一段路,见大桥被敌机炸坏了,只好从河水中蹚过去。

还有一次,我们在路上行军时,突然从山后飞过来两架"黑老鸹"(敌机),我们没来得及隐蔽,炸弹就扔下来了。我们前面的几辆骡马运输车被炸了,有一辆马车连人带马还有运输物资全被炸烂了。战士们气愤地说:"等我们有了高射炮,把这些'黑老鸹'全部打下来!"后来,我们有了高射炮,再后来,我们空军的战鹰也上战场了,敌军就没那么嚣张了。

我在朝鲜,只看过一次文艺演出。当时还发生了一件大事。

1951年劳动节期间,军文工团来我们的坑道表演节目慰问部队。演出是在坑道外面临时搭建的小舞台上举行的,大概有七八十个人看节目。在朝鲜,平时没有什么文化活动,能看上部队表演的节目,大家就很知足了。

当时,舞台上正表演着女声小合唱,突然一架敌机从山后飞过来,往舞台上扔了一颗炸弹,当场炸死了十几个女文工团演员。

首长立即指挥大家抢救伤员，并要求其余的人往坑道里转移。后来首长分析，敌机之所以在文工团演出时扔炸弹，很可能是敌人的特务向敌机发报指定了方位。敌机原本想炸前三排的部队首长，可能是飞得偏了点儿，又是从山后飞过来的，把炸弹扔到台子上去了。那个特务到底躲在什么地方？侦察员们前去搜索了一番，仍旧没有发现他的踪迹。

看节目时，我站在后面，没有被炸到，但却真切地见证了战场的残酷，目睹了一个个鲜活的生命的消失。和平是无数先烈前赴后继换来的，来之不易，今天的我们不能忘记。

后来，部队也接受了这个惨痛的教训，不在坑道外面举行聚集活动了。

1951年6月10日，志愿军发动的第五次战役结束。中国军队共投入十五个军的兵力，战役持续五十天，重创敌军八万多人，是五次大战役中歼敌最多的一次。但这是一场恶战，中国军队为此付出了巨大的代价。尤其是在后期的撤退行动中，伤亡约一万六千人，战斗损失最严重的是第六十军—一八〇师。这次战役后，"联合国军"被迫转入战略防御。但在局部地区，"联合国军"仍不断地向中朝军队发动进攻。中朝军队也给他们以坚决的打击。

医疗所里有一支步枪,我们晚上轮流背着它站岗,主要是防止敌特袭击。有时候警卫班的战士们去执行别的任务了,医生就去站岗,一站就是十几个小时。有几个医生是抗美援朝战争爆发后,部队从医院或医学院特招来的,在这之前没当过兵,也没打过枪。警卫班的战士就教他们压子弹、瞄准和射击,还说,你们这是一手拿手术刀,一手拿枪杆子。

医生晚上做手术时,还要在坑道口挂上大布帘子遮光,以防被敌机发现。

有一次,一个老炊事员在晚上往外面泼水,掀开门帘时露出了灯光。一架美军飞机发现后,转回来扔了颗炸弹,老炊事员就被炸死了。

有一位二十四五岁的年轻医生,是山东济南人,白求恩医学院的毕业生。战争开始后,部队从大学里把他特招来参加抗美援朝。他的医术很高,对工作非常认真,对伤病员、医疗所的首长和医护人员都很好,是一位非常优秀的医生。但他在一次下连队巡诊的途中,被敌人的燃烧弹烧死了,连尸体都没留下。他的未婚妻是他的大学同学,还在国内等着他。医生随身带着未婚妻的照片,照片上的那个年轻女子,留着短发,白白的脸儿,长得很漂亮。他牺牲了很长时间,他的未婚妻才得到消息。

战场上流传着一句很有名的诗:青山处处埋忠骨,何须马革裹尸还。在朝鲜的土地上，处处都埋有年轻志愿军战士的忠骨，好多人连尸体都没有运回国内。

战争是残酷的，我见过好多次这样的场面：一辆大卡车从前方开回来，车上拉的全是冻得硬邦邦的战士的尸体。战士们把尸体从车上抬下来，放进一个大土坑中，连裹尸体的布也没有，就这样把尸体埋了。每当看到这种情景，女卫生员们都失声痛哭。现在我一想起那些情景，还是忍不住要哭。那些牺牲的战士，没有人知道他们的名字，没有人知道他们是哪个部队的，是哪里人。他们的亲人也不知道他们牺牲了。他们都是十七八岁、二十多岁的年龄，却永远地长眠在了异国。所以，我经常说，我们现在日子过得好了，千万不要忘了那些牺牲的先烈，要好好珍惜今天的幸福生活，多为人民、为祖国做一些有益的事情。

1951年7月10日，中朝军队和"联合国军"的代表在中朝军队控制的朝鲜开城西北来凤庄开始了停战谈判。

但战争并没有停止，美军飞机照样来轰炸扫射。以美军为首的"联合国军"和南朝鲜军仍不断地向中朝军队占领地区发动进攻。

谈判到了7月下旬，在讨论关于划分双方军事分界线的实质性问题时，"联合国军"代表团不但蛮横地拒绝中朝代表团提出的以"三八线"为军事分界线的合理建议,而且以补偿其海军、空军优势为借口,无理要求将军事分界线划在中朝部队已据守地区的后方数十公里处,企图不战而攫取一万两千平方公里的土地。在遭到中朝代表团拒绝后,"联合国军"代表团中断停战谈判,企图以军事进攻迫使中朝方面就范。从8月18日到10月22日,"联合国军"采取"逐段进攻、逐步推进"的战法,连续发动了夏、秋季攻势。

中朝军队刚刚转入阵地防御,在工事不坚,洪水为患,后方交通遭到严重破坏,后方物资供应困难等极为艰苦的条件下,开展了反夏、秋季攻势的战役。战役中共歼敌约十五万七千人。这场战役,迫使"联合国军"代表团放弃了其原来的无理要求。到11月27日,"联合国军"代表团与中朝代表团达成以双方实际接触线为军事分界线的协议。

与此同时,美军从8月开始,实施了长达十个月的以切断中朝军队后方供应为目的的"空中封锁交通线战役",即"绞杀战"。为打破美军的空中封锁,保障交通运输,志愿军发起了反"绞杀"斗争。

再之后,美军接受了夏、秋季攻势受挫的教训,采取小规模的进攻行动和空军的破坏活动,维持其防线和配合谈判。

1951年9月底,天气已经比较冷了。这时,我们医疗所跟随部队驻在青田地区。有一天晚上,我正在坑道里值班,给伤员们倒开水,拿药,搀扶他们去大小便。突然,女卫生员陆正莹和吴玉梅从外面一身寒气、风尘仆仆地回来了。她们俩在学校时一个是高一的,一个是高二的,比我大一两岁。她们到下属部队去救治伤病员,奔波忙碌了很多天。我们见了面感觉很亲切,在一块悄悄地说了一会儿话。看着伤病员们都睡下了,还有别的护士、卫生员值班,我们便想出去透透气,于是就到坑道外面的工事战壕里去了。

我们三个坐在战壕的一个猫耳洞里,畅想着战争胜利回国后的美好生活。因为忙碌了一天,疲惫不堪,加上夜已深,说了一会儿话,三个人就依偎在一起睡着了。

不知睡了多长时间,直到一阵飞机的轰鸣声和机枪的扫射声在头顶响起,我才被惊醒。那时,天已微微亮了。我推了推右边的女卫生员:"姐,别睡了,得去坑道里了,敌机再来就麻烦了!"但她歪着头靠在我的身上,一动不动。我伸手一摸,她的头上全是血。我又去推身子左边的女卫生员:"姐,醒醒,出事了!"但她同样靠在我身上,耷拉着脑袋,也是一动不动。原来她们都已经被敌机的机枪打死了。两个十七八岁的鲜活的生命就这样永远地留在了朝鲜战场上。

这时，美军飞机还扔蝴蝶炸弹和细菌弹。蝴蝶炸弹落到地面上后不爆炸，它的弹壳裂开，呈两个半圆形，里面是五颜六色的，所以叫蝴蝶炸弹。这些炸弹是有感应功能的，感应到附近有人就会爆炸。李文英就是因为不了解这种炸弹的情况，好奇地过去看那些色彩鲜艳的炸弹，结果被炸死了。而细菌弹落到地上时不会爆炸，只会裂开，从里面跑出来一些苍蝇、老鼠、跳蚤，这些动物身上带有传染性很强的细菌。有一位首长不了解这种炸弹的情况，前去查看一颗没爆炸的细菌弹，结果被感染了，没过几天就牺牲了。

所以，所长再三严肃地告诫我们，碰上不爆炸的炸弹，一定不要接近它，更不要碰它；在外出执行任务时，看到地上有美军飞机扔下来的饼干、糖果、传单，也一定不要去捡，而是及时报告，让工兵来处理。

我们给伤员包扎炸伤的小臂、手腕，夹板不够用了，就临时用伤员的筷子当夹板。包扎受伤的腿部时，没有夹板了，就用刺刀把子弹箱、手榴弹箱拆开，用木板当夹板。包扎好后，再送去后方。

前线的战士打仗时，朝鲜老乡经常来帮忙送饭，送子弹和手榴弹。有挑担子的，有用肩扛的。朝鲜的青壮年男人都上战场了，来帮忙的都是五十多岁的老头、老太太，再是妇女。他们打着手势，一再向我们表示感谢：你们远离祖国家乡，为了我们能过上和平的日子，来朝鲜出生入死，与侵略者作战，都是好样的。

时间长了，我们跟他们熟悉了。朝鲜老乡很喜欢我们这些女卫生员，有一个老大爷还翘起大拇指连声说："金达莱！金达莱！"意思是我们像朝鲜盛开的金达莱，也就是中国的杜鹃花。

战争间隙

虽说我不是文工团演员,但在朝鲜战场上,我经常在战壕里、坑道里为指战员、伤病员唱歌。

唱的歌有《中国人民志愿军战歌》《战斗在朝鲜多荣耀》《慰问志愿军小唱》,还有《全世界人民团结紧》。后来,我还跟朝鲜妇女学会了《布谷鸟》《金日成将军之歌》等。官兵们称呼我为"战地百灵鸟",后来简化为"小百灵"。

有时工作不忙了,医生、伤病员就说:"小百灵,给大家唱首歌吧!"我便给大家演唱一首。还有一次,一个伤员战士说:"小妹妹,唱一首家乡的民歌吧!"我说:"江苏的民歌《鲜花调》,唱起来软绵绵的,不太适合在战场上演唱。"那名战士说:"民歌又不是进行曲、战歌,唱一首吧!"我就唱起了《鲜花调》。大家静静地听着,一个伤员很有感触地说:"我是江苏苏州人，小妹妹，你能用方言唱这首歌吗？"我就又用方言唱了一遍。那个伤员听着，眼泪涌了上来。我想，歌声是能唤醒记忆的，熟悉的歌声再度响起的时候，他一定是想到了家乡，也许是家乡的小河流水，也许是家乡的满园花开，也许是正在家中等待着他回家的双亲和兄弟姐妹……

在朝鲜战场上给官兵们唱歌，和在祖国学校的舞台上、在南京总医院唱歌的感觉是不一样的。我至今还很清楚地记得有两首歌是这样唱的。

一首是《战斗在朝鲜多荣耀》：

进军号，洪亮的叫，

战斗在朝鲜多荣耀！

就是我们今天吃点苦，

能保祖国江山牢又牢。

不怕炸弹炸啊，

不怕烈火烧，

战斗在朝鲜多荣耀！

军旗在飘，战火在烧，

战斗在朝鲜多荣耀！

就是今天牺牲了,

能使和平幸福早来到。

不怕炮弹飞啊,

不怕雪花飘,

战斗在朝鲜多荣耀!

一首是《慰问志愿军小唱》:

紧敲那个板来哟慢拉琴,

我来唱唱光荣的志愿军。

中国出了个志愿军,

一棒打垮了杜鲁门。

中国出了个志愿军,

和平幸福有保证,有了保证。

我们这里呀,

敬祝同志身体好,

立正敬礼来慰劳。

同志们杀敌真英勇,

我们永远记心中。

这是代表全中国人民把心意表,

这是代表全中国人民把心意表！

每天，我们给伤员换药，照顾他们吃饭、喝水、吃药，在空闲时，就给他们读部队油印的战报。有时，还教伤员们识字、学文化。战士们都是贫苦农民家的孩子，上学的并不多，文化水平不高，有的入伍时还是文盲。我们这些高中生，在志愿军里就算是知识分子了。

我们从最基本的识字教起，比如，中国、祖国、人民、中国人民解放军、和平、建设社会主义；再教各省的省名，为了方便以后他们给家里写信。

我们还有一个职责：替伤病员写家信。我曾给一个重伤员写过家信。这名战士腹部受了伤，躺在那里不能行动，所里准备第二天把他和其他几个重伤员一起送到后方野战医院。他看看我，问："同志，你能给我家里写封信吗？我不会写，在连队总是行军打仗，一直没有时间让战友帮忙写。"我忙说："可以。"接着，我去挎包里取出笔和纸，说："你说吧，我给你写。"

这名战士老家是山东淄博，家中有父母、祖父母，还有一个弟弟、一个妹妹。他在信中说："爹娘，我来到朝鲜十个月了。开始，走了很多路，参加了修公路、修桥、修工事，一直没打仗。到了6月份，上了前线，进入了阵地。打了多少次仗，我也记不清了。前面那几次仗，我只受了点小伤，没有大碍。但这一次，伤得挺重，肚子被敌人的炮弹炸坏了。爹娘，这次我很可能抗不过去了，我不知道我还能不能活着回到连队，回到家乡。如果我光荣了，你们不要难过，让我的弟弟妹妹好好孝顺你们。我是为了国家，为了朝鲜人民，为了和平光荣的，那就很光荣啊！"

我的心里很难过，安慰他说："你要树立信心，一定要坚持住，你的伤会好的，你会康复的，一定能重返前线，胜利回国的。"

他又说："我还有个亲事，那个女孩是俺邻村的。她很老实，很勤快，长得也挺好看。要不是我当了志愿军，俺们就结婚了……如果我光荣了，让她不要再等我了。别耽误了人家，让她再找个好人家……"他说完，就迷迷糊糊地睡着了。

我听后，眼泪止不住流了下来。我想了想，没有按照他说的来写，而是写了一封报平安的家信。

第二天，他和别的重伤员一起被转移到后方野战医院去了。

我们还多次收到过从祖国寄来的慰问袋，里面装着慰问信和照片，还有大学生、中学生做的慰问卡。祖国人民的支持和关心是我们强大的心理支柱，我们看了，心里都感到十分温暖。有时，我们也给他们回信，表示自己的决心。

我曾收到过一个小姑娘寄来的慰问袋。袋子上面绣着一朵小红花、一只和平鸽，袋子里有一封信，还有瓜子、花生、两块糖果。

信的开头写着：献给最可爱的人——中国人民志愿军。

信的内容是：

亲爱的志愿军叔叔：

你们好！我是杭州的一个十二岁的女学生，上六年级。我知道你们在朝鲜是跟世界上最强大的美帝国主义及其他"联合国军"作战，吃不好，睡不好，还要挨他们飞机的狂轰滥炸，非常艰苦。我向你们表示慰问。我一定向你们学习，学习你们不怕艰难、不怕牺牲的精神，好好学习文化知识，长大了，成为一个无产阶级革命事业的接班人。叔叔，我有一个小秘密，那就是等我再长几岁，我也要报名当志愿军。不过，到那时候，美帝国主义早就被你们打跑了，那我就报名当解放军。而且，我要当一名卫生员，当一个英雄部队的白衣战士！

我看了信，很受感动，抽空给她回了一封信。

信是这样写的：

亲爱的小同学、小妹妹：

你好！谢谢你对我们的关心。我不是叔叔，是个姐姐。我比你只大四岁，是一名战地卫生员。我们一定不辜负祖国人民的希望和重托，一定和朝鲜军民一起，救护好伤员，让他们早日恢复健康，重返前方。你的愿望很好，我也希望你茁壮成长，早日成为我们人民军队的一员，成为我的战友。

这个慰问袋，我一直珍藏到现在。

战场负伤

1951年冬季的一个上午，我们部队在西合里一带的一条战壕中，准备迎击敌人。医疗所的人员正在忙碌着，突然敌人的一排炮弹打了过来。顿时，震天动地，很多战士都倒下了。我只觉得仿佛被人从背后猛地推了一把，就被压在了炮弹炸起来的碎石土块和战士们的尸体下面。我昏迷了很长时间才苏醒过来，四周一片寂静，没有发生枪战，没有炮弹的爆炸声、敌机的轰鸣声，也没有人说话的声音。我身上压着战士的尸体和碎石土块，不能动弹，想呼救也喊不出声来。我缓了缓，冷静了下来，尽量活动了一下身体，感觉除了腰很疼，别的地方并没有受重伤。脸上有些凉，一摸，摸了一手血。左边额头有些疼，用手蹭了一下，感到有个口子，但不太重。棉军帽也被甩掉了，不知去哪儿了。我想，我不能就这么死在这里，只要有一线希望，我也要爬出去。

于是，我努力伸了伸手、胳膊和腿，挣扎着、试探着往前挪动了几次。身体能活动以后，我用手扒开脸前的碎石土块，推开一具战士的尸体，咬紧牙关往有亮光的地方爬去。爬了三四米，被一块炸下来的大石头挡住了去路，我是挪不开它的，就从它旁边绕了过去。

爬了几步，我背的挎包被其他东西挂住了，身子无法往前挪动了。我费了好大劲儿，才把挎包从肩上取下来。我将挎包抓在手里，继续往前爬。又爬了几步，发现了我的棉军帽，就拿起来抖抖上面的土，戴在头上。这时，我身旁的土坡上，仍哗哗啦啦地往下掉碎石土块，身边还有一个被炸死的战士，浑身是血。强烈的求生欲望支撑着我，使我一步一步爬出了那个土石块堆和尸体堆。

在那个土石堆里，有八具战士的尸体。

我趴在地上，使劲儿抬起头，向四周看了看，战壕中没有一个我们的战士，也没有敌人。继续爬！既然我爬出来了，那就一定要回到坑道里。我想站起来，可是腰部太疼了，拼尽全力也无法站立。我猜测，我的腰被碎石土块砸坏了。但我的大脑没有受伤，四肢也还能动，我一定要爬回去。我一步一步艰难地往坑道那边爬，不知道爬了多长时间，终于爬到了坑道边，但没有发现一个人。我明白，部队撤走了，敌人也撤走了。那我去哪儿找医疗所呢？

根据老战士教给我们的判断方向的方法，树皮纹路比较宽的一面是南，树皮纹路比较窄的一面是北。而我们的部队要撤退，肯定是往北撤的，那里是志愿军的控制区。于是，我顺着战壕向北边爬去。

我爬到天快黑了的时候，仍没有见到部队的人员。这时候，我十分希望连队的通信员、侦察员、电话兵或朝鲜老乡从这里路过，但没有一个人，空旷的荒野上寂静无声。我又渴又饿，可附近什么可以吃的东西也没有，没有雪，没有草，更没有一条小河沟。我实在饿极了，嗓子干得像要冒烟，便抓一把冻土，塞进嘴里。嘴里是热的，把冻土融化了，能产生点儿水分，可以润一下喉咙。因为极度饥饿，就把泥土咽了下去。

夜深了，我筋疲力尽，但我不敢睡。我担心睡着了，被敌人发现。敌人是很残暴的，如果真的碰上了敌人，我宁死也不当俘虏。我做好了碰上敌人的心理准备，心想，要是我有一颗手榴弹，就跟敌人同归于尽。可是，战壕中什么武器也没有，连把刺刀，甚至连块弹片也没有。夜里很冷，我也担心睡着了被冻死，就继续向前爬。

第二天，我又爬了一天，渴了饿了，还是吃冻土。到了傍晚，我终于爬到了医疗所原来在阵地上驻防的地方，但那里还是没有部队。至此，我已经爬了两天一夜。失落笼罩在我的心头，难道我真的要死在这里了吗？尽管我觉得已经快到极限了，但我仍咬紧了牙，不断告诉自己，只要还有一口气，就一定要找到部队。

天空漆黑一片，山野间空无一人，我虽不害怕这样的环境，但有些担心野兽的袭击。毕竟，此时的我，没有丝毫的自卫能力。为了给自己壮胆，我找了根树枝握在手里。

生命濒危之际，我想起了母亲，想起了在昏黄的豆油灯下缝补衣服的母亲，想起了在大院门口等着我放学回家的母亲，想起了给我煮香喷喷的热面条的母亲。"妈！"我情不自禁地叫了一声，但我没有哭，革命战士流血不流泪。母亲还不知道她的女儿成了一名志愿军卫生员呢，我一定要争取活着回去看望母亲。

我还想起了医疗所的医生、护士、女卫生员、警卫班和炊事班的战友们，想起了那浩浩荡荡向前方进军的野战军部队。恍惚间，我好像看见了那一辆辆运送部队官兵和物资的大卡车，那一辆辆卡车拉着的人炮。我们英雄的志愿军战士是不可战胜的！是任何困难都能克服的！爬！爬！我一定要找到部队！

我冷静下来，判断医疗所很可能返回原来的驻地了。于是，我继续爬，又爬了一天一夜，到了天快亮时，终于看到了医疗所驻地的坑道口，看到了坑道口附近有一名站岗的战士。几天连续紧绷的神经突然间松懈下来，看到了战友就看到了希望。站岗的战士也发现了我，我想喊一声，但是喊不出来。在模模糊糊之中，我看到那名背枪的战士朝我跑过来，便晕了过去。

醒来的时候，我已经躺在坑道中的担架上了。王文英一只手拉着我的手，一只手抚摸着我的脸，长长地松了一口气，说："哎呀，寿楠珍，你这个小百灵可醒过来了，我们都担心死了，你可捡了一条小命啊！"

张强说："我们还以为你光荣了呢！"

一位医生安慰我说："刚才我给你检查过了，身上没有外伤，只是手和脸被划破了，不要紧。你能坐起来吗？"

我的腰疼得很厉害，一动也不能动，也说不出话，就勉强摇了摇头。

医生又问："头呢，疼吗？晕吗？"

我还是吃力地摇了摇头。

王文英端过缸子，要喂我喝水。

我张开嘴，用手指了指。

王文英看了看，惊讶地说："呀，全是泥！先漱漱口，吐一吐。"

我漱了口，吐出了好多泥水。嘴里干净了，这才喝了点水。

王文英说："你沉住气，先休息一会儿。"

她把我爬烂了的军裤脱下来，换上一件干净的棉裤。我太疲倦了，很快就睡着了。

医生向所长和教导员汇报了我的伤情，说："寿楠珍的腰伤很重,需要做手术。但咱们现在的条件做不了。她年龄这么小,必须尽快做手术,挽救她的生命。"

所领导迅速商议了一下,说:"抓紧联系后勤部门,把她和其他伤员送回国内治疗。"

我睡了十几个小时才醒,醒来后,张强把所里的决定告诉了我。

这时,我勉强能说话了,便问:"在朝鲜治伤不行吗?还有那么多伤病员,我的任务还没有完成。"

张强说:"如果不及时给你做手术,你就永远也站不起来了,也可能回不了祖国了。"

虽然我很不舍得离开战斗了一年的朝鲜战场,但也只能服从上级的决定了。

在等待卡车到来的那几天里,我躺在一块木板上。女卫生员将水和炒面和在一起,用小勺喂我。我没办法自己喝水,女卫生员就把一支注射器拔掉针头,吸上水,喂我喝水。

我叹了口气,说:"我也成了伤病员了!"

过了两天,我的精神有所好转。

七天之后,后勤部的卡车来了,要送我和其他十几个伤员一起回国。

张强把一把缴获美军的不锈钢小勺送给我,说:"给你留个纪念,这也是对你爬回医疗所的奖励!"

三个一起从南京市第一女子中学入伍的女卫生员也过来送我。

我说:"我伤好之后,还要回朝鲜。"

女同学战友说:"希望你能尽快好起来,我们还要听你唱歌呢。"

我说:"好的,一定。"

我举起右手,向首长和战友们敬礼,又和张强、王文英、三个女同学战友用力握了握手。

这时候,我当然不可能知道,我和这三个女同学战友,还有王文英是最后的告别。

车子开动了,平时很少哭的我忍不住流泪了。我不知道自己回国后还能不能回来,我大概也不能在朝鲜看到我们胜利的那一天了。

这辆车跑到中朝边境,要两三天时间。这一路上,要翻山越岭过河,还要面临敌机的轰炸扫射。但经历了一年炮火硝烟的考验,我和战友们一样,早已把生死置之度外了。我默默对自己说,如果我的伤治好了,我一定要尽快回来,再次和战友们并肩作战。

这时天已经很冷了。晚上行车时,气温更低。尽管我身上盖着一床薄被子和一件旧大衣,但还是被寒风吹透,身体几乎被冻僵了。我的脸上、手上和脚上被冻得长了冻疮。但我不断地为自己加油打气,告诉自己还没入党,还没看到抗美援朝胜利的那一天,一定要坚持回到祖国，争取早日见到母亲。我爬了三天两夜都坚持下来了，这回国路上的困难还坚持不住吗？

从西合里到鸭绿江渡口，是一段极其艰难的行程。虽然我们行车的区域，已经是志愿军和朝鲜人民军占领的区域了，但敌机几乎天天来轰炸。为了防备敌机，只能夜间行车，白天需钻进山洞里躲起来。卡车司机很有经验，胆子也大。但尽管司机加大油门，也走了整整两个夜晚。

在第三天天快亮时，卡车到达鸭绿江边的渡口。这时鸭绿江大桥已被美军的飞机炸毁了，我们的卡车只能从部队临时搭建的吊桥上开过去。那座吊桥，是中朝的交界，白天拉起来，晚上放下去，合拢后过军车。我们的车再晚一点，吊桥就被拉起来了。过了桥，我打起精神，尽力撑起身子，看到了在桥头上站岗的哨兵。

终于到了祖国的土地，回到祖国的怀抱了！

转院上海

卡车抵达安东，医务人员迅速把我们这些伤员送进了医院。虽然医院是临时搭建的战地医院，但条件比朝鲜战场上的医疗所好多了。医务人员送来了热饭热汤，医生为我做了检查，说我的伤情太重，决定把我转移到沈阳军区总医院。于是，战士们又用担架把我抬上了火车，奔赴沈阳。

从安东到沈阳，大约二百六十公里。在国内的火车上，就安全多了，不用再担心美军"油挑子"（轰炸机）的狂轰滥炸。火车跑了一天一夜，抵达沈阳火车站，下车后，我又乘上了前往沈阳军区总医院的汽车。这时，我仍穿着一身又破又脏的军装，脸和头发也很脏。到达医院后，护士连忙为我擦洗，换上干净的病号服，又为我的冻疮涂上药膏。

医生诊断我是第三腰椎压缩性骨折，给我做了手术。手术后，腰的情况好了一些，但仍然很疼，我依然无法坐立。

在沈阳军区总医院住院的半个月中，我得到了医生和护士无微不至的照料，我的体力和精神有了明显的恢复。但我的伤情仍不见好转，医生决定让我转院去上海第二军医大学附属医院。总医院派了于大胜、孙自立两名男卫生员护送我去上海。

去上海，要转多次火车。在火车上，乘客们见担架上躺了名志愿军战士，还是名小女兵，不少人过来问候我。有一位老大娘拉着我的手，流着泪说："孩子，闺女啊，你受苦了！"

祖国人民的关心仿佛驱散了寒冷，带走了疼痛……在抗美援朝战争中，祖国人民始终是前线志愿军战士的坚强后盾：工人们提出"工厂即战场，机器即枪炮"的口号，夜以继日地为志愿军生产军需物品、武器弹药；广大农民踊跃交售"爱国粮"，全力保障前线的物资供应；在捐献飞机大炮运动中，至1952年5月底，全国共捐献人民币5.565亿元，可购买战斗机3710架；为解决部队吃饭问题，在第二次战役发起前后，国内开始向前线供应炒面，东北地区仅20多天就有405万斤炒面送达前线。在整个抗美援朝战争期间，全国人民为志愿军提供了560万吨粮食、肉蛋、医药、衣被等物资。

正是这份温暖，正是这样的支持，有力地支援了战争，给了志愿军无尽的力量和一往无前的勇气，保证了战争的最终胜利。

当时火车每小时跑五六十公里，碰到大站小站还要停车。从沈阳到上海将近两千公里，是一段漫长的行程。

临近出发时，我们将一些小窝窝头装在挎包里，以便在火车上食用。火车上有热水，护送我的战士帮我把水壶灌满热水，供我暖手用。因为去一次卫生间很艰难，又是两名男卫生员送我，我尽量少饮水，减少上卫生间的次数。就这样，在两名男卫生员的照料下，在三天三夜的颠簸之后，火车抵达了上海。

上海第二军医大学附属医院专家诊断后，决定立即手术。在做手术前，护士对我说："小妹妹，做手术的专家医术是很高的，也非常负责任，你尽管放心。但是你也要有思想准备，万一手术失败了，你可能永远也站不起来了。"

我说："我相信医生，万一我站不起来了，我躺着也要革命到底！"

手术做得很成功，那一把小小的手术刀，使我这个十七岁的女孩子重新站起来了。

医院的医疗条件很好，加上我懂一些医疗知识，手术后一个月，我就能拄着拐杖练习走路了。

病房里有报纸，每天都刊登抗美援朝战场上的战况。这时候，虽然从1951年7月，中朝和"联合国军"双方已在开城开始了谈判，但因美军、南朝鲜军不甘心被打到"三八线"以南，仍不时地发动进攻。我们的部队也毫不客气地给他们以沉重的打击。朝鲜战场上出现了"谈谈打打、打打谈谈"的局面。

而我在上海第二军医大学附属医院里，做出了人生中又一次重大的选择。虽然从参军到现在也不过一年时间，但在这一年里，我经历了战火硝烟和生离死别，这一年的时光仿佛变得很长。

深夜时分，我常常想到从入朝后从未给母亲写过一封信，常常想到年少时和家人在一起的点点滴滴，我想，也是时候回去看看了。

回到家乡

到上海第二军医大学报到以后,我利用节假日请了假,从上海乘火车去南京,准备回家看看。我穿了一件新式的黄军装连衣裙,外面系了一条腰带,头上扎了两个小辫,戴了一顶黄军帽,走在街上,很多人热情地跟我打招呼,问我多大了,当了几年兵,是什么兵种。我说,我当过志愿军,上过前线。他们很惊讶,说你年纪这么小,真不简单。

我在南京火车站下了车,换乘公交车回家。进了家门,我喊了一声"妈妈"。母亲见来了个女军人,开始还有些发愣。当她定定神儿,看到眼前这个长高了不少的小女兵就是她的宝贝女儿时,扑上来抱住我,就哭了起来。她边哭边用手拍着我的背说:"我的女儿啊,这一年多没有你的音讯,我还以为你牺牲在朝鲜战场上了!你能回来,太好了,太好了!"

母亲从抽屉中取出一个红色的军属证递给我。她告诉我,我的女同学把我写的纸条送到家里后,她一看就着急了,立刻让我二哥去南京市第一女子中学,问我去哪个部队了。学校的老师也说不清楚,只给了二哥一个军属证。二哥回到家把情况告诉了母亲,母亲又让二哥去部队找。可这时南京的部队很多,又能去哪儿找呢?

二哥安慰母亲说:"小妹当了兵,没事的,家中还有我呢。"后来,母亲从报纸上、广播里知道国家开始抗美援朝了,就对二哥说:"你妹妹一定是跟着部队去朝鲜了。"

我说:"妈,我现在是上海第二军医大学的学生了。"

母亲高兴地笑了起来,说:"好,好,我们家出了两个大学生,我没有白养你们十几年哪!"

二哥说:"这次你又跑到我前面去了。"

1952年9月,二哥考上了上海同济大学,也成了一名大学生。

……

如今,我已是一位耄耋老人。人们常说,年纪越大,越爱回忆往事。少年时的贫苦生活、抗美援朝的烽火岁月、回国治伤的日子、从事医护事业的大半生……往事时常在我的脑海中翻腾而过。每当我回忆起抗美援朝时那烽烟滚滚、炮声隆隆的战场,都会想起七个女同学战友"茉莉花"一般圣洁的笑脸，想起医疗所的医生、护士、高大魁梧的警卫战士、朴实憨厚的炊事员……我永远忘不了他们，祖国人民也永远忘不了他们！

前线的经历改变了我，为我留下一生最难忘的回忆；部队培养锤炼了我，让我在热爱的医护事业中实现自我。在回国从事医护事业的六十多年中，我参与培养了上千名医务工作者，救治了许多指战员和人民群众。我想，能为国家和部队贡献一点力量，为人民做一点事，这一生，就足够了。

志愿军老战士寿楠珍
（拍摄于2014年）